裝模作樣

膽小鬼

終集回歸

鈴木智子◎圖文　陳怡君◎譯

很不擅長
和理髮師聊天。

簡訊傳出去之前
一定要
來回檢查個幾次。

有沒有寫些奇怪的東西？
再檢查一次好了

——我就是這麼一個
愛裝模作樣的膽小鬼
我又回來囉

裝模作樣 膽小鬼 終集回歸

〔目次〕

POTATO

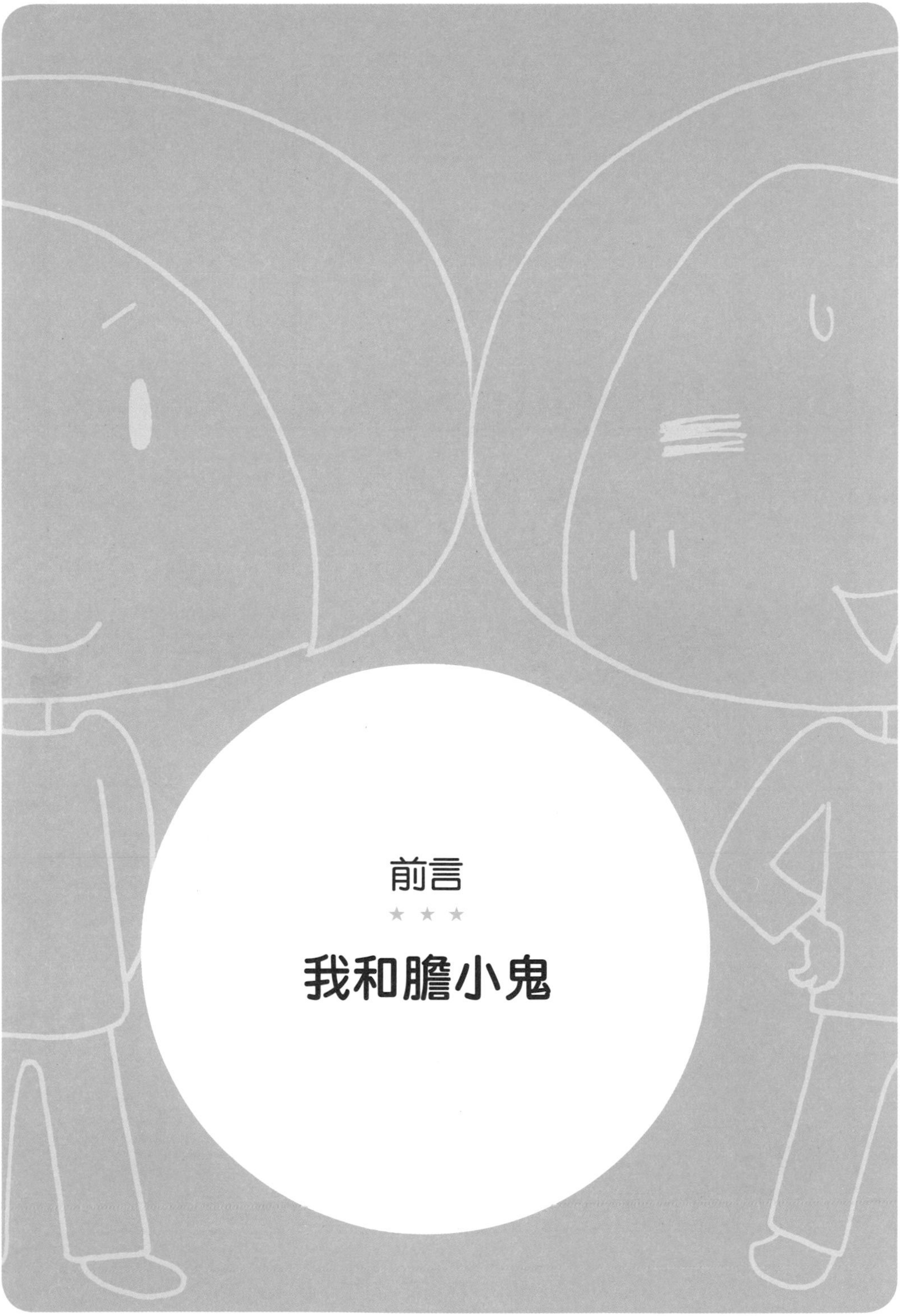

前言

★ ★ ★

我和膽小鬼

大三學期結束時，因為求職面試不是很順利，心情滿沮喪的。
又失敗了……已經是第七家公司了
面試的時候講得不是很好……我也知道要更努力積極地推銷自己，但……
要……要我做什麼都可以啦
心直口快講出來的話反而顯得奇怪
請問ㄜ……
提問的時候又顯得畏畏縮縮
完全輸給隔壁那位自信滿滿的傢伙
唉～～
妳到現在還不是很清楚自己想做些什麼吧—
面試官講的話到現在還盤旋不去
沮喪時就躲在棉被裡
我的缺點就是太容易鑽牛角尖
是個如假包換的膽小鬼～
只要結果不如意就專注在自己的缺點上，自信心一點一滴地流失，到最後反而搞不清楚自己究竟想做什麼？自己的優點又在哪裡？

這樣下去會完蛋，得想個辦法才行呀
對了！這時候就更應該
探索自我！
立刻上網蒐集資料
探索自我 旅
搜尋
簡短的…
喀答喀答
探索自我計畫
•利用春假去做個一星期的小旅行
•旅途中與當地人交流，透過珍貴的親身體驗找出「真實的自我」
•產生自信之後鍛鍊自己的外在與內在
•想清楚「自己想做的事」，自我介紹時也可以表達得更完美
•通過公司面試順利錄取！
合格
「一個人的亞洲之旅」感覺挺可怕的
「登山」要準備很多工具太麻煩了……
咦？斷食道場？
喀答
「健康就從體內做起」
「身心皆清淨」
「讓心靈回復平衡」
「在大自然的懷抱中傾聽身體的聲音」

這個不錯耶～
這個位在大自然中的斷食道場有提供最少一星期的體驗課程
想像圖
迎著春風做瑜伽
卸下身心靈的沉重負擔後一定能夠找到「真正的自我」!
抱著自己想像的期待，我報名了一個禮拜的斷食課程
搭了幾個小時的電車終於抵達的「道場」超乎想像地老舊——
嘎啦
打擾了…
好像鄉下的奶奶家喔…
被帶往的個人房更是復古簡陋!
3月
4個半榻榻米大小
棉被
迷你爐桌
迷你書桌
窗
也好啦，這麼小的地方更適合與自己面對面
帶來的一大堆關於求職的參考資料↓
剖析自我
必勝!
求職申請書的寫法
求職

於是，斷食生活開始了
第1天
一開始是稀飯呀~
鹽味海帶
第2天
這麼快就消化光囉？
肚子餓到沒辦法專心哪
一片空白
第3天
好想吃東西……
第4天
肚子好餓 肚子好餓 肚子好餓 肚子好餓
本以為斷食能夠改變些什麼，找到自己想做的事後就可以產生自信，蛻變出「全新的我」，但如今我滿腦子想的就只有食物啊
照燒漢堡 豚骨拉麵 咖哩飯 香腸 奶油麵包 飯糰 炸雞 雞蛋三明治……
心口一緊
21歲女子在寶貴的春節假期獨自斷食中
而且還穿著運動服……邋邋遢遢的
結果書也沒看
↑高中時的運動服
我到底在幹嘛呀
——這樣的我……

噗
覺得現在的自己
實在太好笑了，
這樣的心情竟然
還滿開心的。
剎那間我感覺到
「探索自我」的行程
似乎衝出了黑暗隧道、
抵達終點了。
煩惱，
迷惘，
偶爾的沮喪，
缺乏自信，
這就是我啊！
既膽小又愛逞強
這就是我呀！
不論是怎麼樣
的我，
都不需要
特地去「探索自我」。
幹嘛探索呢？
它一直都在
這裡呀！
這麼想的話自信心馬上
就湧現了
我一定
可以的
咕嚕
……倒是斷食
結束後得立刻
去一趟麥當勞
呀～
斷食教會了我要
「笑看自己」及自己
「無止境的食慾」
咕嚕

之後
經過了幾次面試
失敗後最後的
唯一機會P公司
前幾天
我去參加了
斷食修行
面試時
滔滔不絕發表
的斷食感言
獲得好評
哈哈哈
哇哈哈
也許是這個原因吧
（我自己猜的……）
竟然順利錄取了
恭喜您
錄取了
←面試官
進入公司
請多照顧
成為編輯
獨立邁向
作家之路
緊張不安
安定
自由業
畫了「裝模作樣膽小鬼」
不論從前或現在，
我就是我；就維持
原本「裝模作樣膽
小鬼」的模樣勇往直前吧！

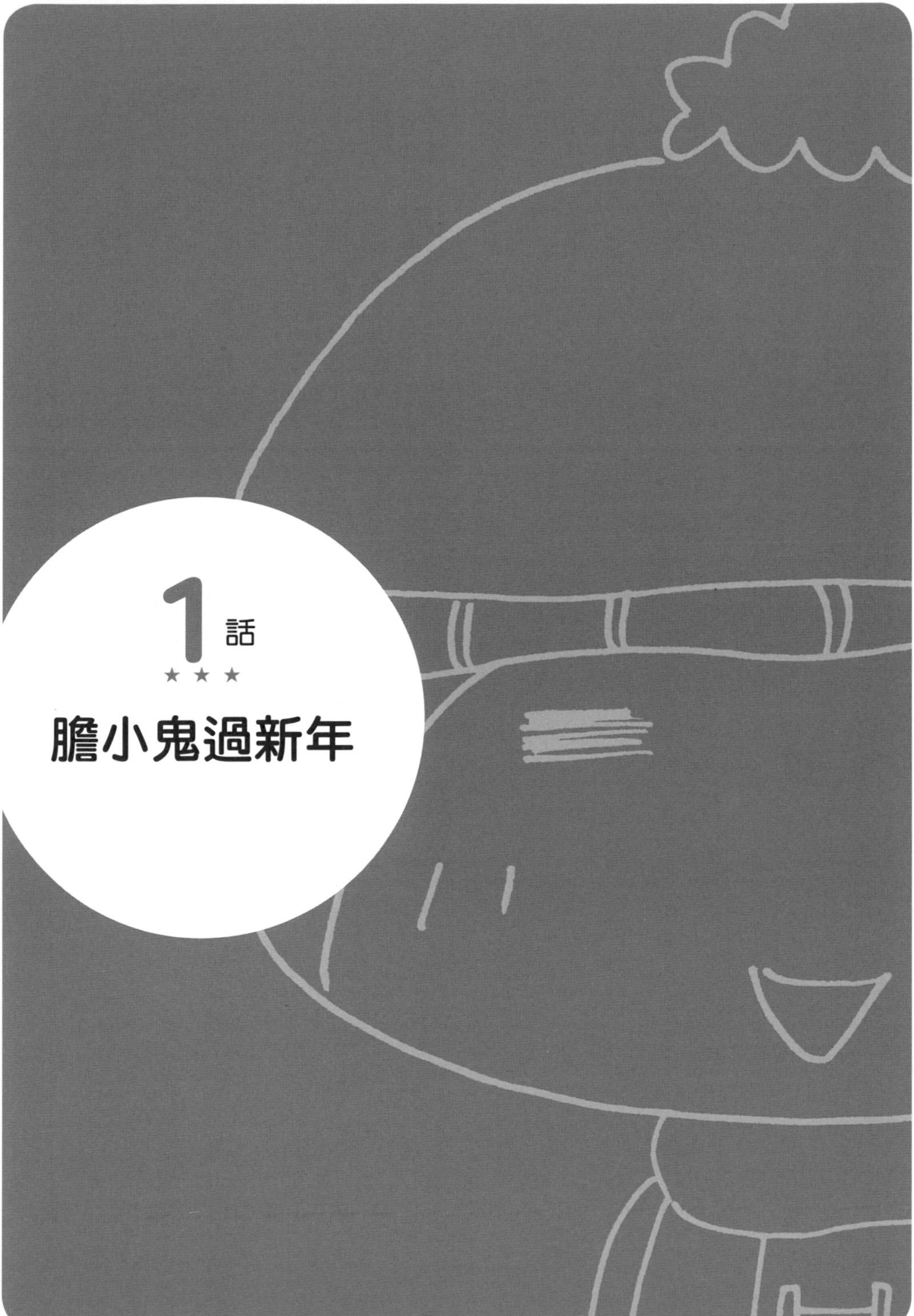

1 話

★ ★ ★

膽小鬼過新年

啊～
嗚～
嗚～
我不行啦！
今年同樣是被惡夢驚醒
驚起
昨晚（除夕夜）
可能是在朋友家一起圍爐吃火鍋時吃得太飽吧—
嗝
又或者是睡覺之前
老天爺，請賜給我吉祥的夢!!
一富士山
二老鷹
三茄子
緊握
太期待要做個好夢的關係吧
竟然做了個怪夢，夢到被香菇們強迫吃了一堆茄子
嗚～啊～

（譯註：「茄子」的發音與「成事」相同。）

既然是新年
就去附近的
廟裡拜拜吧
要求些什麼好？
應該還是
小建的事吧~♥
呵呵呵
香油錢就添個有
「緣分有始有終」
之意的45日圓吧~
什麼？
就只有1枚
10日圓銅板…
10日圓也沒關係啦
反正「緣分有始
有終」不過只是
取個諧音罷了
別在意唷~
啪 啪 啪
請保佑我和小建的緣分
有始有終！
我只要和小建的感情能夠
長長久久，其他別無所求！
不過身體畢竟是資本，
所以也請保佑我今年身體健康，
還有今年請保佑我減肥成功，
至少讓我瘦個3公斤。
如今最讓我擔心的就是地震，
請保佑今年不會發生地震，
所有的家人朋友以及全人類都能
平安地度過這一年。
其②
祈求保佑的內容不斷追加

其③ 心情隨著賀年卡的張數起伏
呼~好冷喔
啊，賀年卡送來囉！真開心~~
心裡這麼想卻
寄出40張卻只收到15張……而且其中3張還是廣告單……

智子的小筆記
這種賀年卡很傷腦筋耶！

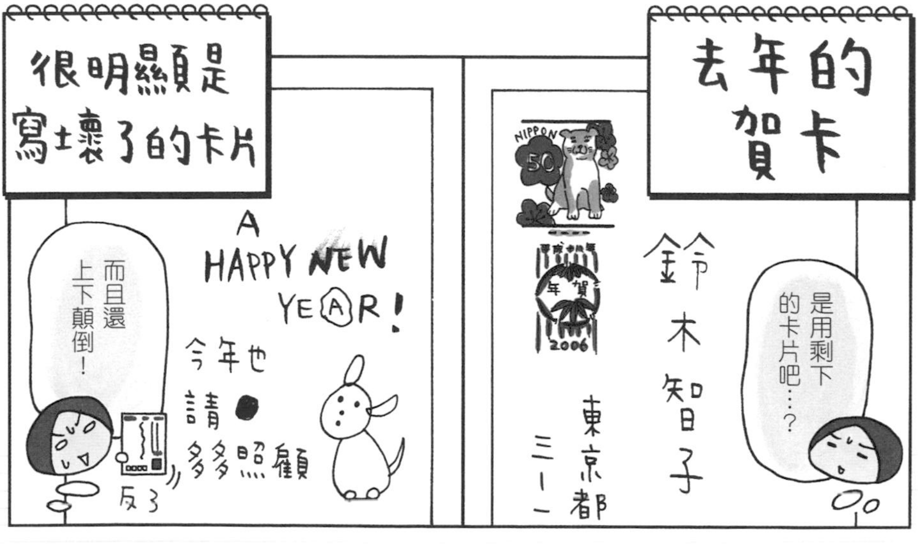
很明顯是寫壞了的卡片
而且還上下顛倒！
A HAPPY NEW YEAR!
今年也請多多照顧
反了
去年的賀卡
NIPPON
50
2006
鈴木智子
東京都三一
是用剩下的卡片吧…？

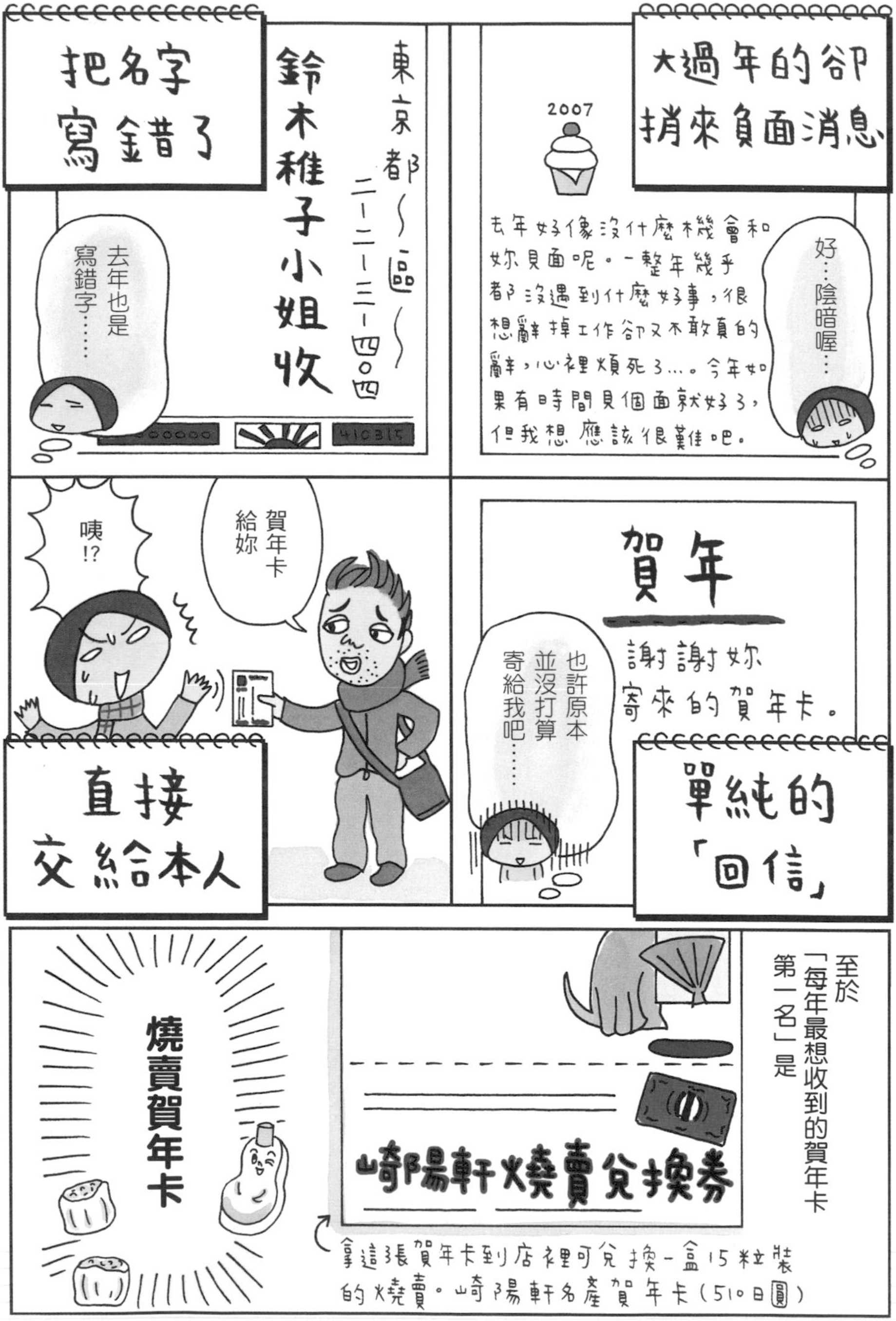

把名字寫錯了
東京都～區～二－二－三－四四
鈴木稚子小姐收
去年也是寫錯字……
大過年的卻捎來負面消息
2007
去年好像沒什麼機會和妳見面呢。一整年幾乎都沒遇到什麼好事，很想辭掉工作卻又不敢真的辭，心裡煩死了…。今年如果有時間見個面就好了，但我想應該很難吧。
好…陰暗喔…
直接交給本人
賀年卡給妳
咦!?
單純的「回信」
賀年
謝謝妳寄來的賀年卡。
也許原本並沒打算寄給我吧……
至於「每年最想收到的賀年卡第一名」是
燒賣賀年卡
崎陽軒燒賣兌換券
拿這張賀年卡到店裡可兌換一盒15粒裝的燒賣。崎陽軒名產賀年卡(510日圓)

恭喜新年好～
新年的賀歲節目有滿多藝人出場的嘛～
哇哈哈
但節目內容好鬆散喔～～
比起這些藝人賴在家裡看電視的自己感覺更鬆散哪
新年的起源
過新年最重要的就是大年初一到廟裡拜拜大家都會添多少香油錢呢？
我想應該很多人都會添「10日圓」吧但有些人認為10日圓和「緣淺」的諧音類似並不是個吉祥的數字喔～
蝦米：：
和小建緣淺…
把電視關掉…對了，今年開始來寫日記吧～
啪
別在意別在意—
有沒有空白的筆記本呀
喔
這本我以為是空白的筆記本上面其實寫著去年到1月9日為止的日記……
1/8 今天開始減肥！要來絕食了—
1/9 和加奈小酌兩杯去。喝了2杯啤酒，還有紅酒。
1/10
1/11
啊…

多買了好幾張賀年卡。

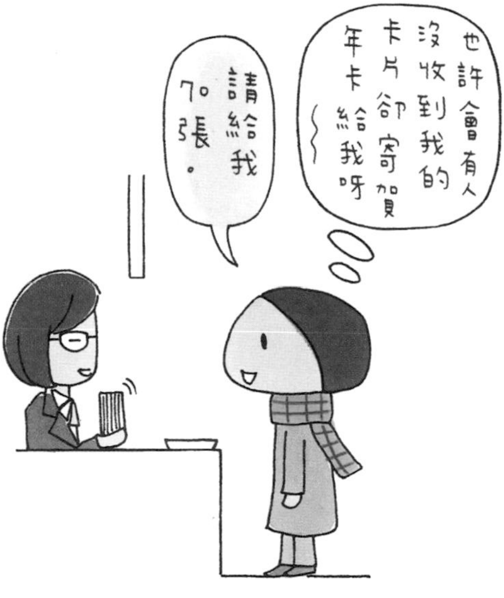
也許會有人沒收到我的卡片卻寄賀年卡給我呀～
請給我70張。

每年都猜錯，

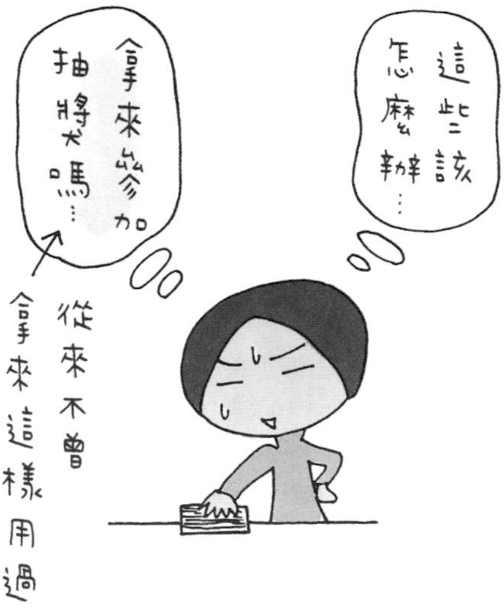
這些該怎麼辦…
拿來參加抽獎嗎…
從來不曾拿來這樣用過

結果多出一大堆賀年卡。

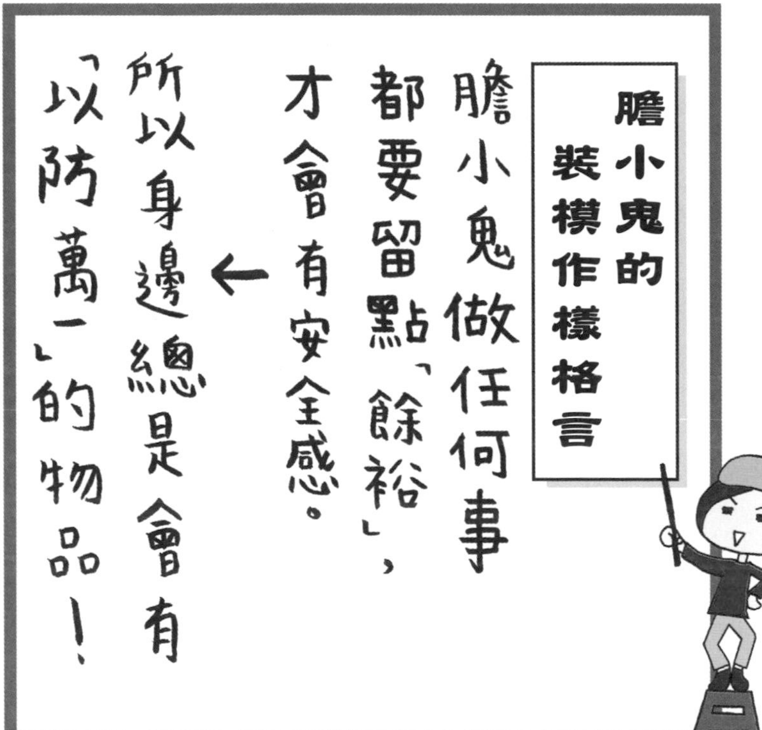
膽小鬼的
裝模作樣格言
膽小鬼做任何事
都要留點「餘裕」，
才會有安全感。
←
所以身邊總是會有
「以防萬一」的物品！

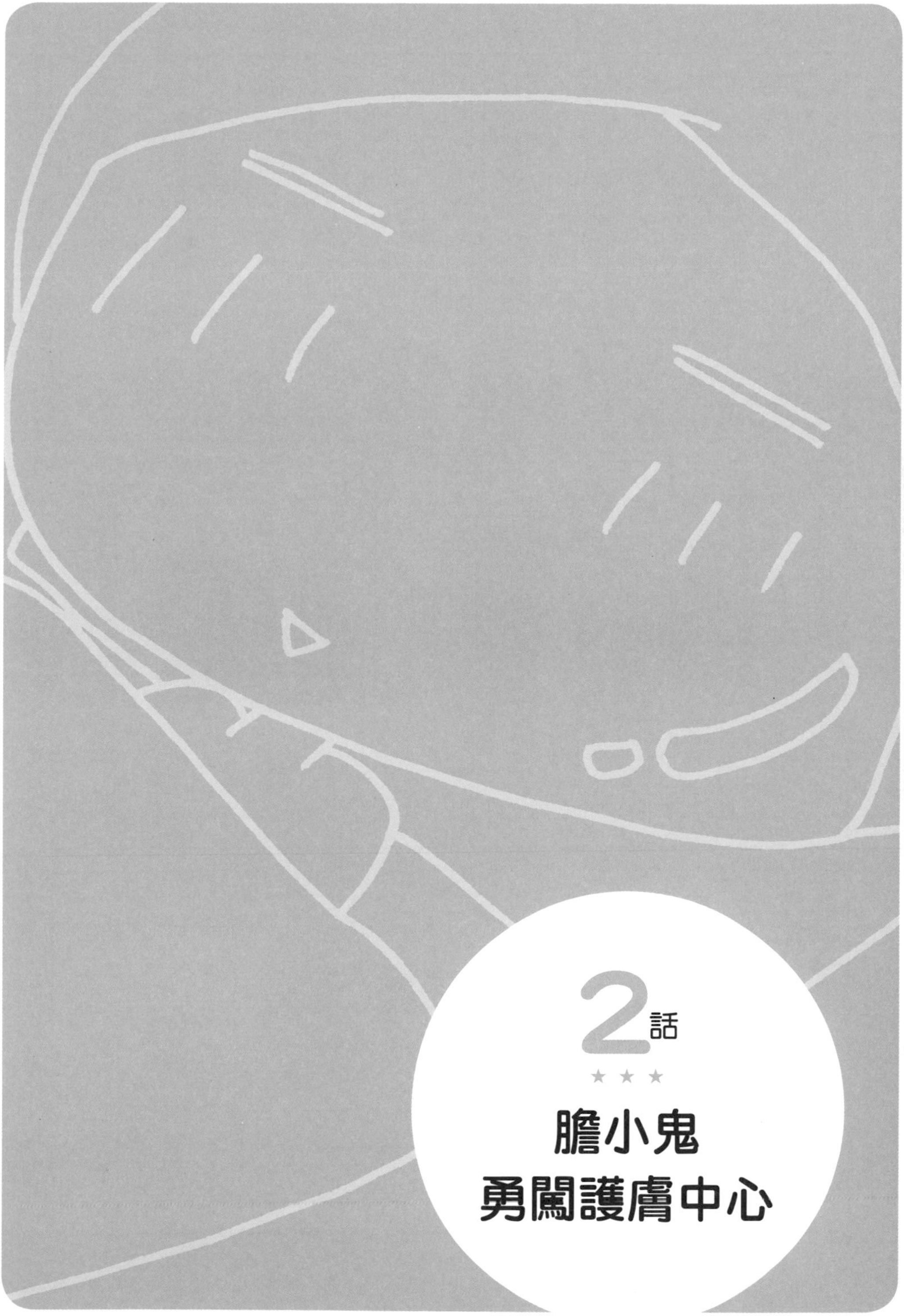

2話

★ ★ ★

膽小鬼 勇闖護膚中心

這陣子每天都很忙碌
喀答喀答喀答
火速
呼嚕～
辛苦了!
應酬喝酒
狂睡!
對於變糟的肌膚狀況我十分在意
摸起來粗粗的…
既然工作暫時告一段落
就當作給自己的獎勵吧
我決定去做個
這輩子第一次的護膚美容
VOCE
但是!
好髒的皮膚喔～
妳知道護膚中心
和整形診所是
不一樣的地方吧?
不可能啦!
臉皮真厚耶～
噗
就憑妳這張臉
還想弄得
多漂亮～～?
由於自己的胡思亂想
①長時間的半身浴
快變小
快變小…
②使用小臉按摩器
③敷面膜
…
Q彈肌膚
在前往護膚中心之前，
膽小鬼的我只好在家裡
先行做好護膚工作

當天
Beauty Salon
膽小鬼上護膚中心的安心秘訣①
找設置在高級大樓裡或大馬路旁的沙龍
Social body....
啊，就是這家
Beauty Salon
放心
小型的公寓大樓
叮
歡迎光臨~
「電梯門一打開就是店家」的結構會讓人產生焦慮感！
安心秘訣②
沙龍的外觀與裝潢讓人可以放心的走進店裡
明亮又乾淨~
放心
太破舊的店面會讓人產生是不是生意不好（沒客人）？的不安感
美容小屋
護膚 1500日圓
營業中
會不會獅子大開口呀……
不過裝潢太奢華的沙龍也會讓人坐立不安
安心秘訣③
店員的外觀深具說服力
歡迎光臨
哇~皮膚好好喔
店員如果看起來狀況不優
歡迎光臨
粗糙膚質
但美得太過火的也不行
我和她根本是不同世界的人哪…

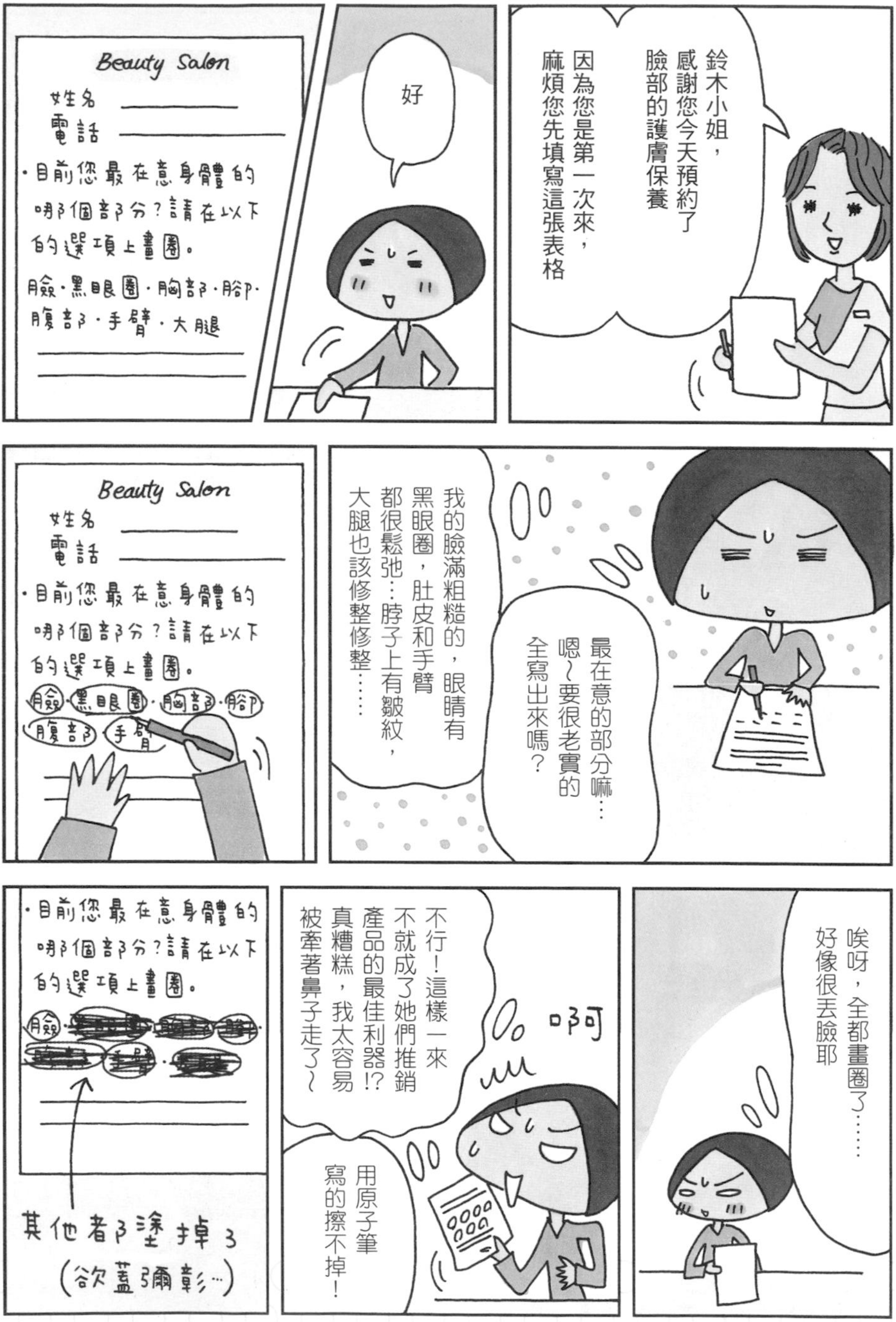
鈴木小姐，感謝您今天預約了臉部的護膚保養
因為您是第一次來，麻煩您先填寫這張表格
好
Beauty Salon
姓名
電話
・目前您最在意身體的哪個部分？請在以下的選項上畫圈。
臉・黑眼圈・胸部・腳・腹部・手臂・大腿
最在意的部分嘛……嗯～要很老實的全寫出來嗎？
我的臉滿粗糙的，眼睛有黑眼圈，肚皮和手臂都很鬆弛…脖子上有皺紋，大腿也該修整修整……
Beauty Salon
姓名
電話
・目前您最在意身體的哪個部分？請在以下的選項上畫圈。
臉・黑眼圈・胸部・腳・腹部・手臂
唉呀，全都畫圈了……好像很丟臉耶
不行！這樣一來不就成了她們推銷產品的最佳利器!?真糟糕，我太容易被牽著鼻子走了～
啊
用原子筆寫的擦不掉！
・目前您最在意身體的哪個部分？請在以下的選項上畫圈。
臉
其他都塗掉了
（欲蓋彌彰…）

嗯——您最在意的是臉部是吧
緊張緊張緊張
我們目前有推出鍺溫浴的特價活動，您想試試看嗎……
果然！護膚中心最愛搞這種推銷手法了……！
100
警戒度
護臉之前先促進血液循環把毒素排出體外，保濕成分的浸透效果會更好喔
100
平常的售價是3000日圓，只有今天提供特惠價1000日圓
笑容滿面
什麼，1000日圓!?
80
鍺能夠釋放負離子，調整人體的生物電流
負離子!!
50
使用過的客人都覺得效果很好，還有人每天都來做呢
每天!!
30
只要20分鐘就能消耗掉相當於做2小時有氧運動的卡路里唷！
我要做鍺溫浴！
對「消耗卡路里」這幾個字毫無抵抗力
鬆懈度
100

換上專用袍
鈴木小姐，請往這邊～
終於要開始優雅的做護膚美容了♥這是送給自己的獎賞唷～
請坐在這邊，手腳泡進溫水裡
放輕鬆地泡20分鐘
好熱……
不但熱……
而且……喉嚨好渴，真想快點離開這裡
超乎想像的熱，根本沒辦法放鬆！
這些流出來的汗水裡全都是毒素……加油喔！
把髒東西全部排出來吧！
之後就會變得美美了！
再忍耐5分鐘……60、59、58、57、56、55、54、53……
不停倒數計時……
轉換成身心排毒的心情

好不容易鍺溫浴終於結束了
今天應該能瘦個3公斤吧……
鈴木小姐，請往這邊走
怎麼可能
終於要開始做臉部按摩了！
首先幫您做臉部清潔，敷上面膜後再幫您按摩
哇~好舒服！這雙手真是神乎其技呀~
按
按
太讚了~來護膚沙龍是對的~~！
VIVA！護膚沙龍♥
難怪大家都愛來~
乾脆下班後來這裡報到吧~
啊~我快睡著了~
——15分鐘後
奇怪？怎麼力道好像變弱了…好像只是在摸我的臉，不是在按摩耶？
手指也變細了…
咦？換人囉!?手還會抖耶……難道是新人？
我的神乎其技咧!?
瞇著眼睛確認

再用力一點沒關係……
我的皮膚沒那麼嬌貴啦……
啊，好痛…被指甲戳到了！
對，就是這個力道！加油啊
明明是來這裡放鬆的，我卻對什麼都很在意……
由於今天您選擇的是試用套組，所以只有敷保濕面膜—
咦？
敷臉中→
如果您再選擇美白面膜，效果會更好唷
這種情況下還要推銷喔!?
100
警戒度
使用過的客人都說效果很好哦，您要不要試試看…
ㄜ…今天沒那麼多時間，這樣就夠了
內心默默為這位新人加油！
之後每次來這裡，心裡都抱著賭賭看的心態……
希望今天不要又當了新人的人形練習器呀！

看著自己光滑細緻的肌膚

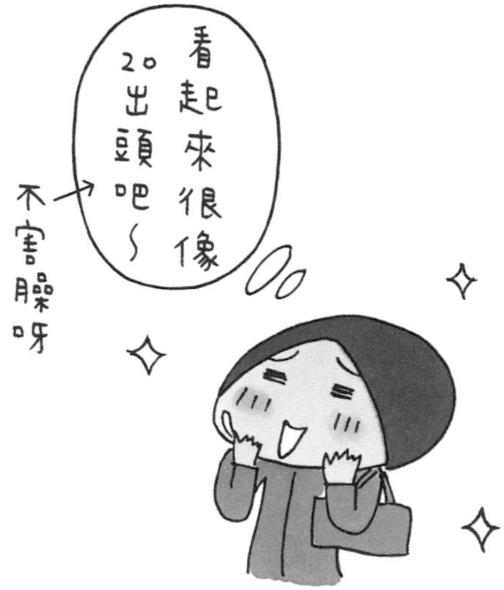
看起來很像20出頭吧～
不害臊呀

出門的時候心情特別好。

對於除了回家
沒有其他地方要去的自己

有點火大……。

膽小鬼的裝模作樣格言

膽小鬼會專注於只做一件事。

所以能夠全心全意地體會個中要訣！

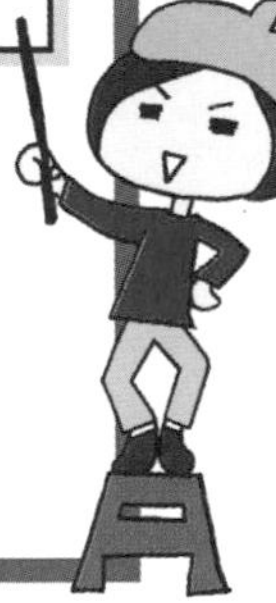

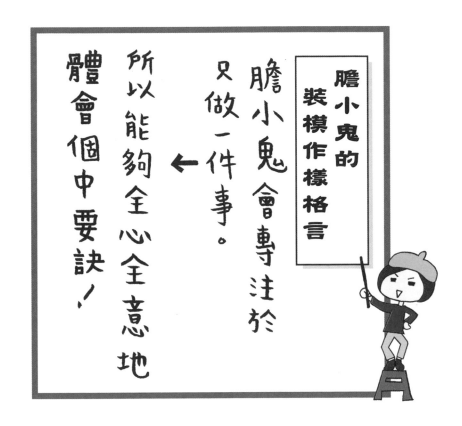

4格漫畫劇場 1

循環不斷

THE 衝動購物

4格漫畫劇場

選擇

收拾殘局

4格漫畫劇場

抑制力

突破點

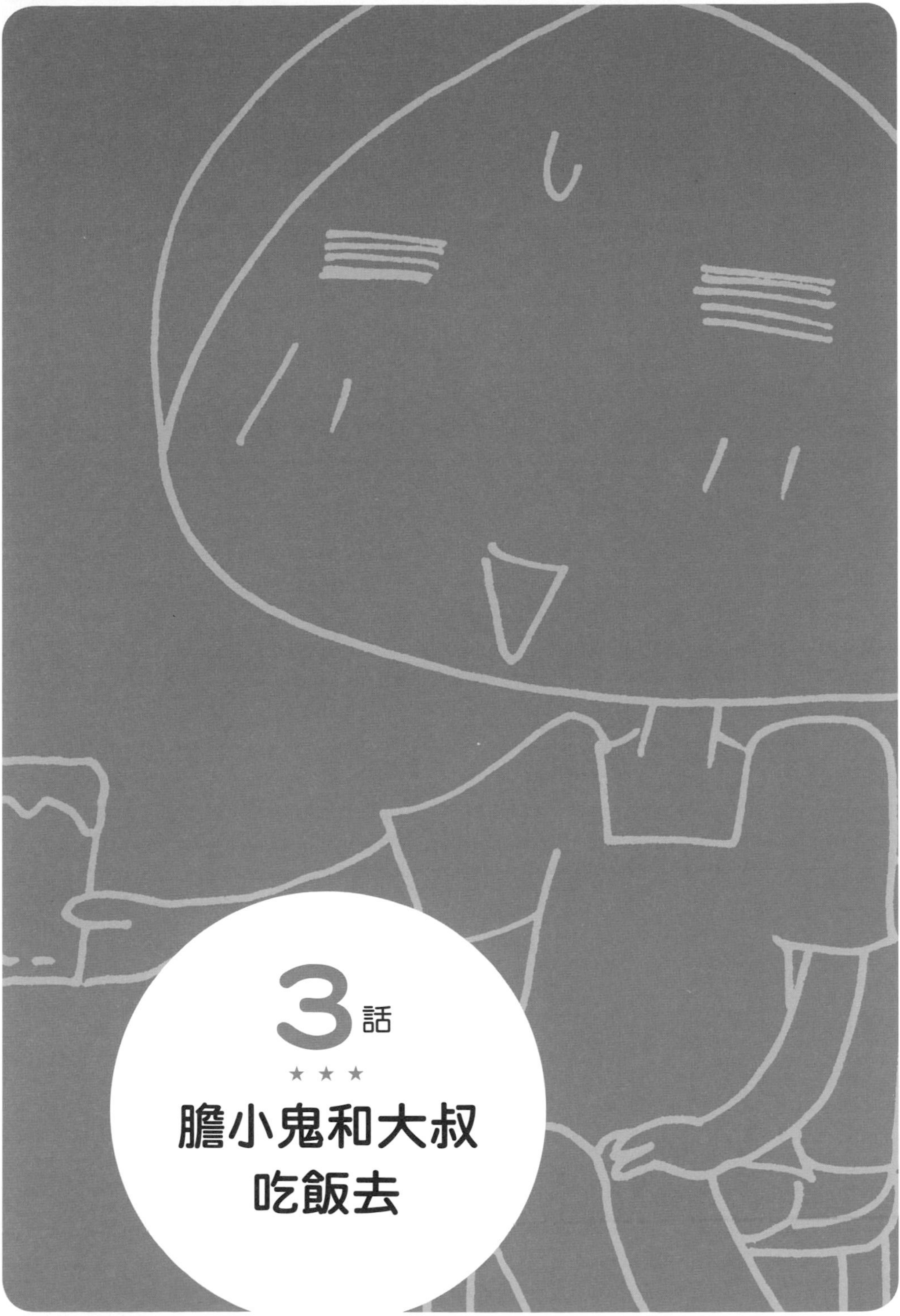

3話

★ ★ ★

膽小鬼和大叔吃飯去

今天因為工作的關係約了對方吃飯順便談公事
想吃什麼就點，別客氣
ㄜ…喔…好
……
沒有1500日圓以下的料理！
生魚片都寫「時價」感覺滿可怕的～
那麼—我要納豆捲
小市民的選擇
就只點這個？不要跟我客氣啦這裡的魚料理做得還不錯喔
好…
我怎麼可能真的點大餐嘛～～！
咕—

我已經上年紀了，喝酒之後就不太吃得下東西
滔滔不絕
鈴木小姐還年輕，盡量多吃一點
哪有啊～您還很年輕呢！
是嗎～？嘴真甜哪
那妳猜我幾歲了？
和長輩聊天時最怕出現的狀況①
逼問年齡
ㄜ…
不妙…大概是62歲吧…？但我還是少說個幾歲好了
差不多55歲吧？
沒那麼年輕啦，我今年都60囉～
啊哈哈哈
嘴真甜哪
怎麼可能完全看不出來耶！～
安全上壘!!

（譯註：日文的沙拉與盤子的假名相同。）

覺得場面有點尷尬時就先勸酒
請喝酒！
捧起
倒入對方杯子內的啤酒泡沫若意外多出許多時
噗嚕嚕
泡泡呀快停下來吧…
趕緊用念力
倒的量剛剛好就會覺得自己成熟又穩重！
剛好
妳吃過這家店的「活海鞘」嗎？
沒有耶
味道有點重但很好吃喔，妳試試看
那我就吃一點看看
好難吃!!
這什麼東西啊～好臭！
如何？不喜歡嗎？
沒有啊…味道還不錯
喔，看妳年紀輕輕也很懂得吃嘛！那就多吃點吧？
老闆，再來一盤！
最怕出現的狀況⑥
對於人家的客套話照單全收

※海鞘業者(?)，抱歉了…

不用啦，我已經吃得很飽了…
對了！
而且我正在減肥！對，我正在減肥啦～！
拚命掙扎抵抗
這樣嗎…
妳已經這麼瘦了，女生還是有點肉比較好看啦，何必減肥—
年輕人對體重就是特別斤斤計較啊
我知道了！
是因為那個吧？
？
男朋友要妳減肥對吧？
啊哈哈哈
妳有男朋友吧？
ㄜ…這個
最怕出現的狀況⑦
很愛管人家的戀愛情況

最怕出現的狀況⑧
再度出現的自嘲話題
比起只重視外表的男人，能夠接受妳真實模樣的才是值得交往的好男人啦～
前陣子我老婆就是這樣跟我說的～
我們這個年紀也很流行老年離婚…之類的
最怕出現的狀況⑨
很愛吹噓當年勇
不過我老婆也曾經誇獎過我喔
別看我這副德行，年輕時候我也是很有女人緣呢
鈴木小姐還年輕，一定要認真一點！
最怕出現的狀況⑩
重複相同的話題
我28歲的時候曾經因為工作失敗…
哈哈哈
這個話題剛才不是講過了嗎
—然後還被主管訓了一頓
啊，這我剛才好像講過了
嗯…對呀…
對方自己發覺時場面反而更尷尬

差不多該回家了
好
今天非常感謝您
別客氣
這一餐就我來付吧
鈴木小姐先離開沒關係
雖然對方這樣說
但是我吃了一堆料理也喝了不少酒～總覺得不好意思…可是…還是乾脆大方地說聲「謝謝您的招待」就好了？
扭扭捏捏
因為「被請客」覺得不好意思直到最後都還在煩惱該怎麼辦才好的我
結果——
我拿出了錢包
掏掏
不好意思，謝謝您今天的招待了
一邊道謝，以極不大方自然的動作結束了一切……

要當面糾正別人講錯的話
實在很困難。

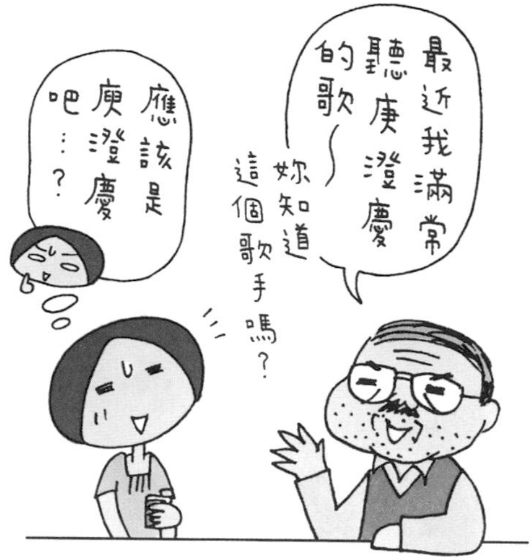
最近我滿常聽庚澄慶的歌～
妳知道這個歌手嗎？
應該是庾澄慶吧…？

想盡辦法

委婉地暗示對方。

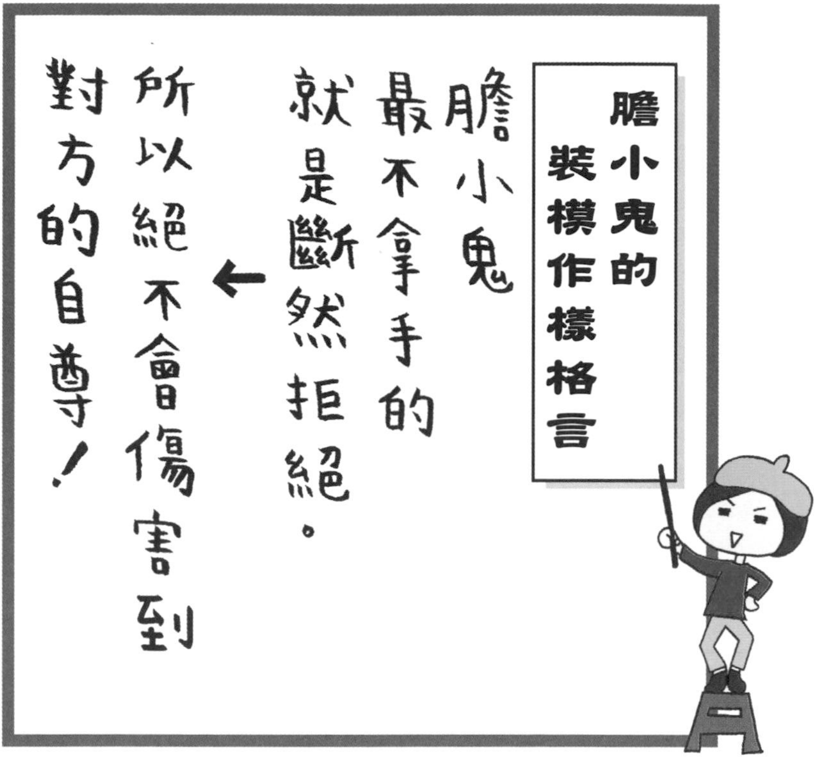
膽小鬼的
裝模作樣格言
膽小鬼
最不拿手的
就是斷然拒絕。
←
所以絕不會傷害到
對方的自尊！

4格漫畫劇場 2

太替店員著想了吧

刪減經費？

4格漫畫劇場

選擇

別具特色的菜名

4格漫畫劇場

謎樣的自我意識

我要點有很多魚貝類的漁夫義大利麵~
義大利麵屋
menu
紅醬口味的被選走了…
那就改選白醬吧
我想點奶味濃的培根蛋黃醬義大利麵~
義大利麵屋
啊？那我只好點日式口味了…
又不是大家要交換吃，我幹嘛不斷的更改口味呀……？

承認的話就輸了

好少喔…！
高級料理都這樣吧
味道好淡！
算了，這樣比較健康吧
都已經過40分鐘了
蛋包飯還沒好喔~？
咕嚕—
他們可能在提倡慢食生活吧
很不想太快承認自己挑了一家不怎麼樣的店
咕嚕—

4話

★ ★ ★

膽小鬼感冒了

喉嚨好痛喔
該不會感冒了吧？
咳
咳
咳
不會吧…我一直都很小心
應該不會感冒才對…
咕嚕
咕嚕
漱口
洗手
咳
所謂「病由心生」，稍微覺得不舒服並不等於生病
是我多心了
只是——
還是很痛…身體也覺得燙燙的
咳
咳
量一下體溫好了
翻找
夾
天哪，這麼熱!?
不得了!!
生病指數
100
0
體溫計的數字瞬間將生病氣氛推到最高點！
腿軟
37.6°C
怎麼辦～

膽小鬼對於感冒的經常反應
別輕忽呀！
嚴厲
咳咳
還是趕緊去看醫生吧！
快去！
咳咳
先吃點感冒藥好了…好像還不需要去看醫生…
倒櫃
翻箱
之①
朋友或家人只要身體不舒服馬上就叫人家去看醫生，自己生病時卻拖拖拉拉
啊，已經沒有藥了～～
宮田藥局
10:00～21:
優惠券專案
紅利2倍
399日圓
感冒喉嚨痛的話…
買這個吧
既然有發燒，也順便買個退燒貼片吧
聽說感冒時吃維他命C也很有效～
家裡還有口罩嗎？
滿滿一籃
總共是6000日圓
啊!?
之②
一不小心亂買了一堆東西

到家了~
感冒不能再受寒，來穿厚襪子吧…
感冒時的裝扮（通稱感冒裝）完成
之③ 穿上一堆衣服
夏天有時會因為熱到不行而抱著電風扇吹（本末倒置）
拗~
熱~
身體好像越來越燙
再量一次體溫吧
37・2度…
換量右手邊看看吧？
之④ 不停地量體溫
只是——
奇怪？怎會是36・8度!?
身體明明還覺得很燙耶…！
之⑤ 因為熱度降得比預料中還低而生氣
溫度應該再高一點才對吧…
夾緊
之⑥ 夾緊腋下試著讓體溫升高

還是只有36・9度…
看來是不需要緊張了…
安靜地休息一下
明天就會康復了吧
嗶
出現
腹痛的恐怖真相
……
……
驚
和美以為只是食量變小而不在意——
等到發現時已經來不及——
就這樣撒手人寰…
這種會引發不安情緒的節目真是太可怕了
這次的感冒難不成是生重病的前兆……
危險訊息…？
上網搜尋更多資訊
感冒的恐怖真相
加上自己的莫名猜測將恐懼推到最高潮！
黴菌在體內繁殖造成神經錯亂
淋巴液阻塞…導致死亡
媽呀

隔天—
37．2度…燒依然沒退
還是去看醫生吧
說不定真的是重病的前兆…
但現在是37．2度嗎～
……
…真實的體溫應該是37．6度吧…
唔～～～
症狀這麼輕不必來醫院啦
又不想遇到這種狀況
等體溫升高一點再去吧
為了那沒有差多少的數字掙扎
（快點去看醫生啦！）

森本醫院
內科・小兒科
哇～這股味道……
緊張 不安
醫院裡的氣味讓不安感瞬間增加三成
拖鞋傳來的奇妙溫熱感又讓不安感再加三成
首先幫您量個體溫
好
36.8度
有點氣自己的體溫沒有展現出該有的實力……
美食家
鈴木
輪到我了喔？
在候診室看書報雜誌正看得津津有味時突然被叫號心裡其實還滿不甘心的！
鈴木峰雄先生
在這裡～
驚
這時對於自己的菜市場姓氏特別感到無奈

鈴木智子小姐，請進來診療室
咚咚
打擾了
請坐
哪裡不舒服？
我…喉嚨痛…還有發燒…
我用聽診器診察一下，請把上衣掀起來
要掀到多高啊？
太害羞而緊張得不得了
扭扭
捏捏
胸部要露出來嗎…？
好冰！
冰冷的聽診器讓不安感更加竄升
……
真想跟醫生解釋這個心跳數是因為「太害羞」和「太冰」造成的

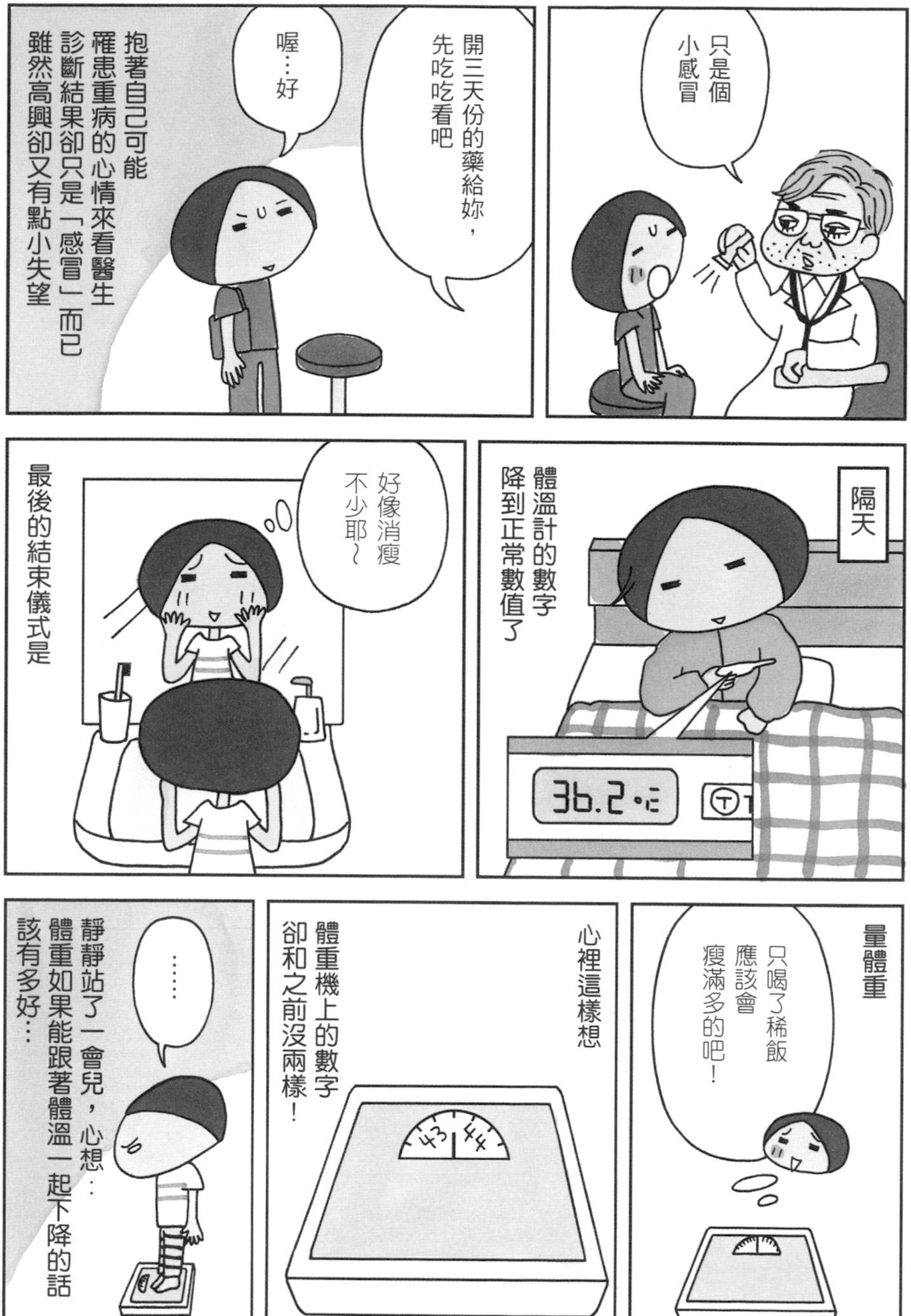

只是個小感冒
開三天份的藥給妳，先吃吃看吧
喔…好
抱著自己可能罹患重病的心情來看醫生
診斷結果卻只是「感冒」而已
雖然高興卻又有點小失望
隔天
體溫計的數字降到正常數值了
36.2℃
好像消瘦不少耶～
最後的結束儀式是
量體重
只喝了稀飯應該會瘦滿多的吧！
心裡這樣想
體重機上的數字卻和之前沒兩樣！
43 44
……
靜靜站了一會兒，心想：
體重如果能跟著體溫一起下降的話
該有多好…

無心的一句話

卻讓我提心吊膽。

為了消除內心的不安

開始上網蒐集資訊。

膽小鬼的裝模作樣格言

膽小鬼
只要稍有風吹草動
立即停下腳步。
←
所以能夠學習到
各種知識！

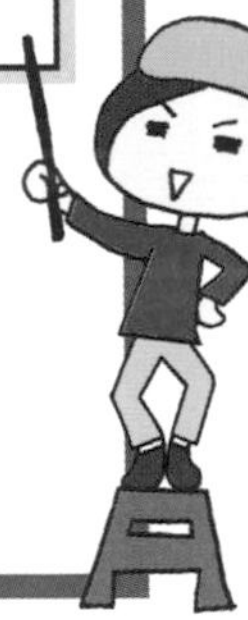

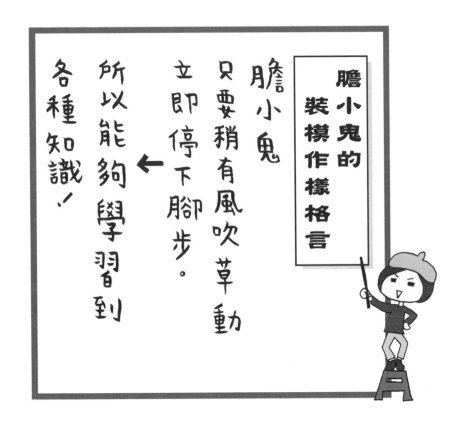

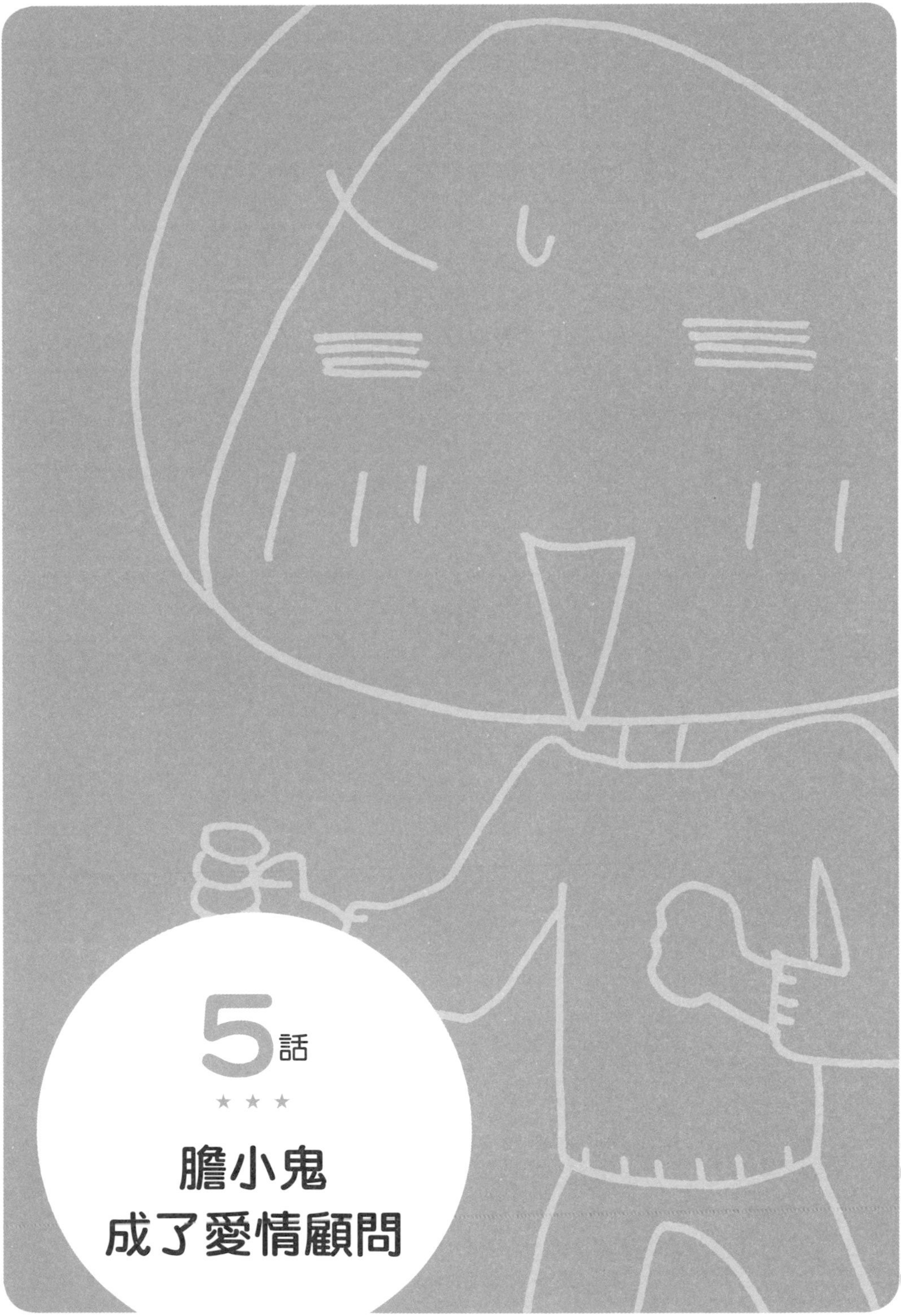

5話

★ ★ ★

膽小鬼
成了愛情顧問

智子，抱歉讓妳特地跑這一趟～
不會啦，反正我也有很多話想跟妳聊
唉
怎麼了？幹嘛嘆氣呀……
嗯…是我男朋友啦……
最近我們兩個有點問題……
喔!?發生什麼事了!?
也沒有發生什麼事啦，只是有這種感覺……
自己談戀愛的時候不論做什麼都是優柔寡斷——
緊張緊張緊張
不知所措
慌慌張張
別擔心啦！小泉只是杞人憂天～
但如果是朋友所託，「沒用的膽小鬼」卻又莫名地變得果斷乾脆
我的身體裡……

住著三個個性迥然的人
①樂觀少女
別擔心！妳一定行的！
②嘮叨的老媽子
那個男人可靠嗎？
③事不關己的不沾鍋
是喔，那妳自己多加油囉
前幾天是我的生日，他卻忘得一乾二淨……
這樣啊……
老媽子
所以我說這男人不行啊！
但有可能是因為工作太忙了呀？
少女
嗯，他是說真的很忙
但是連封簡訊也沒有就……
少女
男人就是少一根筋，只要一頭栽進工作裡就完全忘記外面的世界囉
真的嗎？
真的啦！

……你們還是有見面吧？
沒有啊，最近很少見面
他幾乎都不約我了……
那就小泉主動約他呀？說不定他也在等妳呢？
不沾鍋
不要什麼事都怪到男人頭上嘛，為何妳不主動邀約
……可是我們已經2個月沒見面了，要怎麼開口約他呀…
2個月…！
腦內會議
那男的根本不愛妳嘛
老媽子
我想是因為他工作真的太忙了，或許他也在等小泉開口……
結婚前就這副德行，結婚之後不就目中無人了
大小姐，我看妳還是自立自強吧！先主動約他，看他怎麼說囉

這算什麼？幽靈嗎？妳這個男朋友是真人嗎？
……開玩笑的啦★
場面尷尬時就先說個笑話化解一下氣氛
我覺得你們還是先見個面，把話講清楚吧……
我的男人緣一直都很糟
前男友都會自動消失…
喃喃自語
鼓起勇氣呀，小泉！
我有個朋友，每天都寫信向她喜歡的人告白！就算人家不理她還是持續下去，想盡辦法要跟對方在一起呢!!
自然而然把自己的往事講了出來
智子…
…這種人是變態吧？
有點可怕耶～★
終於了解過去的戀情為何會失敗的原因了……

唉～
還是跟前男友在一起比較開心～
當初幹嘛要分手呢……
畢竟兩個人彼此談得來才是最重要啊－
腦內會議
過去就是因為談不來才分手啊，現在講這是什麼話？
老媽子
年輕女孩談戀愛，只要稍微不順就一副要死不活的～!!
大小姐，往事何必再提？還是面對現實吧
也許跟前男友真的比較合得來耶？
不沾鍋
但是妳並不討厭現在的男友吧？
少女
嗯…雖然交往得不是很順利……
但我就是喜歡他……
小泉…
THE 少女漫畫場景

當晚
看來她真的很沮喪耶
唉
啊
喂，是加奈嗎？
之前妳說的那個算命師是在哪裡呀？
……我也這樣跟她說啊，只是我這個朋友還是很困惑——
點頭
我知道了，謝謝囉！

2個星期前
加奈！我看妳還是跟他分手吧！
可是他也有溫柔的時候…
我想再給他一次機會
1個星期前
我去算命了，說我跟男友分手會比較好喔♥
聽她斬釘截鐵這麼說，我就下定決心了～
那個算命師真的很厲害
滔滔不絕說個沒完
我竟然輸給一個不認識的算命師…
太好了！
我的建議算什麼？唉，算了，只是很不甘心耶，我們不是朋友嗎…
腦內反省會議

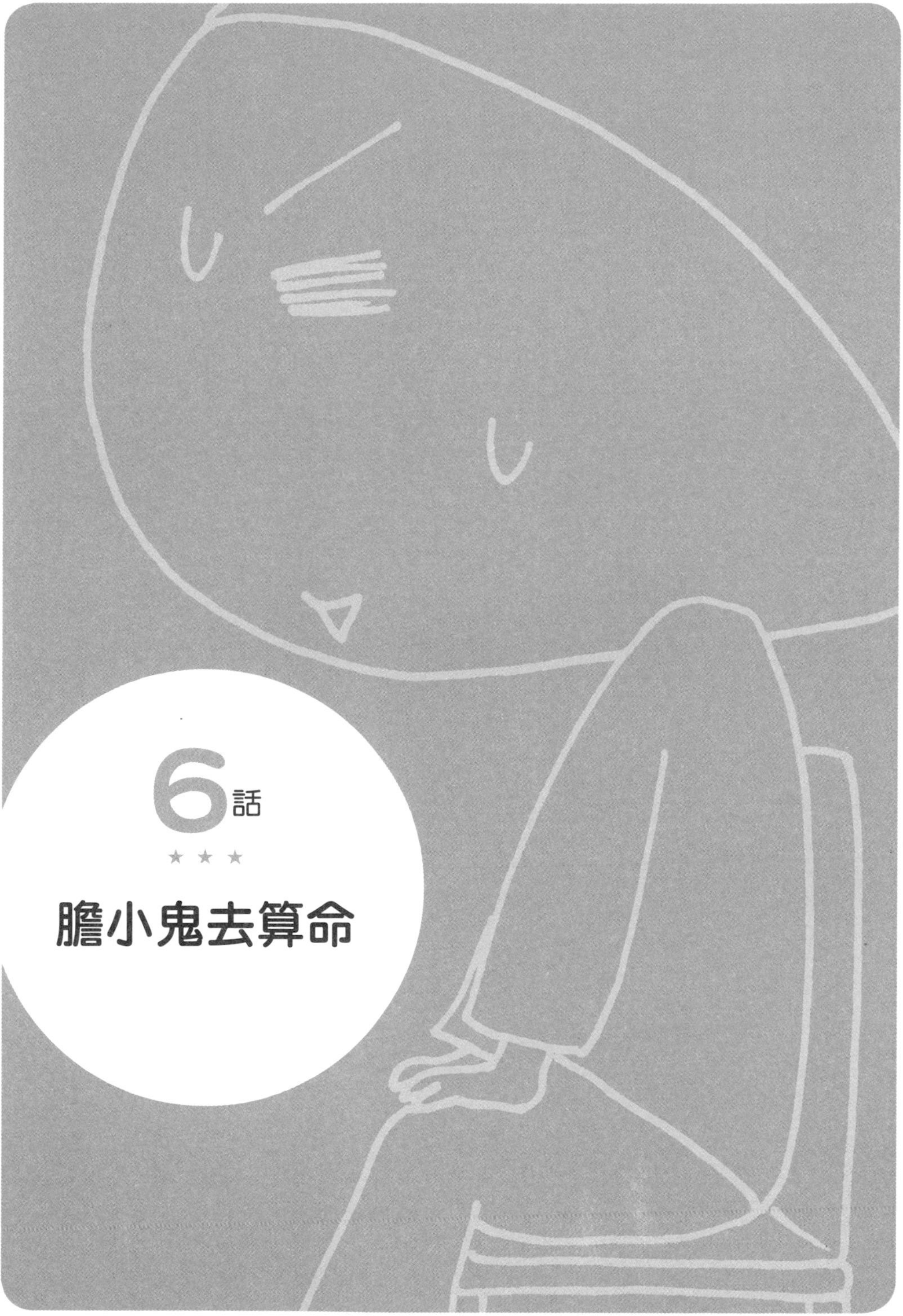

6話

★ ★ ★

膽小鬼去算命

今天要陪有感情困擾的朋友去算命
這個人算得很準哦~
真的嗎？我好緊張喔
如果她叫我跟男友分手該怎麼辦…
ㄜ…反正只是算命嘛，做個參考就好囉
妳說得對，可是…
我很想結婚，但萬一她說我「註定孤獨一生」該怎麼辦？
什麼!?
不不不會啦！應該…
加奈說這位算命師的建議都很正面，說不定她還會告訴妳要怎麼做才能順利結婚呢？
如果這樣就好了♥
——話雖如此
看妳這張臉就知道一輩子得不到幸福！
斬釘截鐵
和妳匹配的就只有這種人
拜託一定要是個「撫慰派」，別來個「恐嚇派」算命師呀！
笑臉迎人
可怕的人
NO!
心裡越想越不安
緊張
坐立不安

您是鈴木小姐嗎？
我…是
好可怕…
我是麗子夫人，請多指教
您好
每個人可以聊20分鐘，請講吧
低聲
小泉先來吧？
不…還是智子先吧，拜託啦！
小聲
那就…麻煩您了
請把妳的出生年月日寫在這張紙上
妳…
盯——
什麼事？
緊張

妳的個性不錯哦！……常有人這樣說妳吧？
個性不錯!?
聽了還滿高興的啦…♥
但怎麼覺得好抽象…
而且妳有創作方面的才華哦，喜歡透過什麼之類的來表現…
真的嗎？
對呀，像是音樂、舞蹈之類…
不對啦，那些我都不會！
我喜歡讀散文或漫畫之類的書
還有啊，我也喜歡寫寫東西
偷丟一些暗示導回正途
出發前還信誓旦旦地說讓算命師自己算
嘗到甜頭後為了聽更多好話反而一股腦兒自爆各種資訊……
看看她能不能算出我內心的想法囉～♥
我最喜歡畫畫了！

還有其他想問的事情嗎？
嗯…我目前有個喜歡的對象…我想知道能不能和他順利地交往下去
可以寫下對方的姓名嗎？
好
……
沒問題！你們一定能順利地交往，放心吧！
不過…妳這個人既有強悍的一面也有脆弱的一面（註①）
緊張
有過這樣的經驗吧？雖然很小心地處理卻因為太過急躁而失敗（註②）
對呀
緊張
身上若能佩戴個星形物，可以激發出妳最大的潛力唷
總之，今後做任何事只要在心裡想著好的結果，成功的機率就會大幅提高了（註③）
好！
（註①②③）明知這些話可以套用在任何人身上，一旦被算命師這樣說，馬上就會激動地「沒錯！說不定就是這樣」自行對號入座。

智子的小筆記
這種算命師
很傷腦筋耶!
算命結果太具體
3月時若能遇到名叫「茂男」的人就會有好結果
範圍這麼小喔?
說的只是一般的建議並非算命結果
多攝取Q10對身體很有幫助
是……
結婚就要趁今年!能讓妳幸福一輩子的姻緣會在今年出現!
但現在已經是10月了耶……
怎麼辦?
時機將過
現在的工作能不能順利嘛……我看機會是一半一半啦……應該是吧
毫無自信

結論太過
匪夷所思
妳的前世
是一隻蟬
……
算錯了
還不承認
妳有個哥哥對吧？
沒有…
只有一個弟弟…
？
對，就是這個人！
他上輩子是你的
親哥哥啦
甜甜圈算命
吉岡巴隆
……
作秀成分
遠高於算命
妳很容易
和名字以「ㄇ」
開頭的男性
發生衝突，
最好能避就避
剛才不是建議
我和「茂男」
交往？
結論
前後矛盾
（番外篇）
膽小鬼對於
算命結果的
處理方法
好的
結果
12年一度的
大好運！
永久保存在腦內！
放心吧！前陣子
算命師說我「今年的
運氣超好」呢！
覺得不順時就回想一下這一句
算命
超強
戀愛運
幸運日
壞的
結果…
今年犯
太歲…
小心
萬事
低迷…
如果我是美國人，犯太歲
什麼的不就與我無關…
算命不過是一種迷信啦
強力否定！

讓妳久等了~
結果怎樣？
算命師說我和現在的男友完全合不來
是喔—
不過
她說我34歲之前都有機會結婚唷♥
太棒了！我就知道小泉一定能夠順利結婚
謝謝妳~智子算的結果如何？
算命師說我適合做能夠發揮所長的工作
啊，還說要戴一些星形的東西
我和小健的交往也會越來越順利呢~
呵呵
太好了！
算命師說的全是好話，真開心—
嗯，不管算出來的結果是真是假
感覺就像有人從背後助了一臂之力呢
心情超級好♪♪
膽小鬼的算命心得
壞的結果就拋諸腦後
好的結果就歡喜接受

冷靜看待算命的結果。

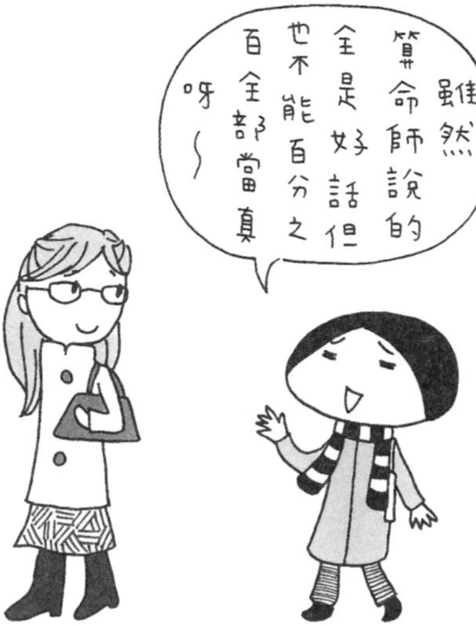
雖然算命師說的全是好話但也不能百分之百全部當真呀～

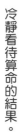

但卻

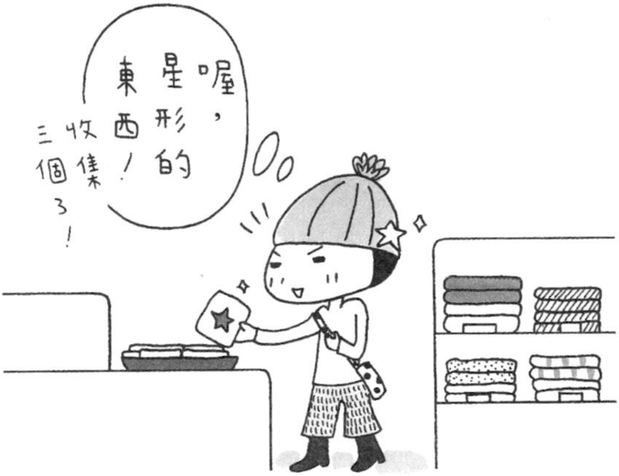
喔，星形的東西！
收集三個了！

很認命的執行。

膽小鬼的裝模作樣格言

只要是好消息，
膽小鬼特別
容易聽進耳裡。

←

因此，總是能夠一點一滴
累積許多小確幸！

4格漫畫劇場 3

製作

想像力

4格漫畫劇場

平常心

真相

4格漫畫劇場

無奈的店家①

無奈的店家②

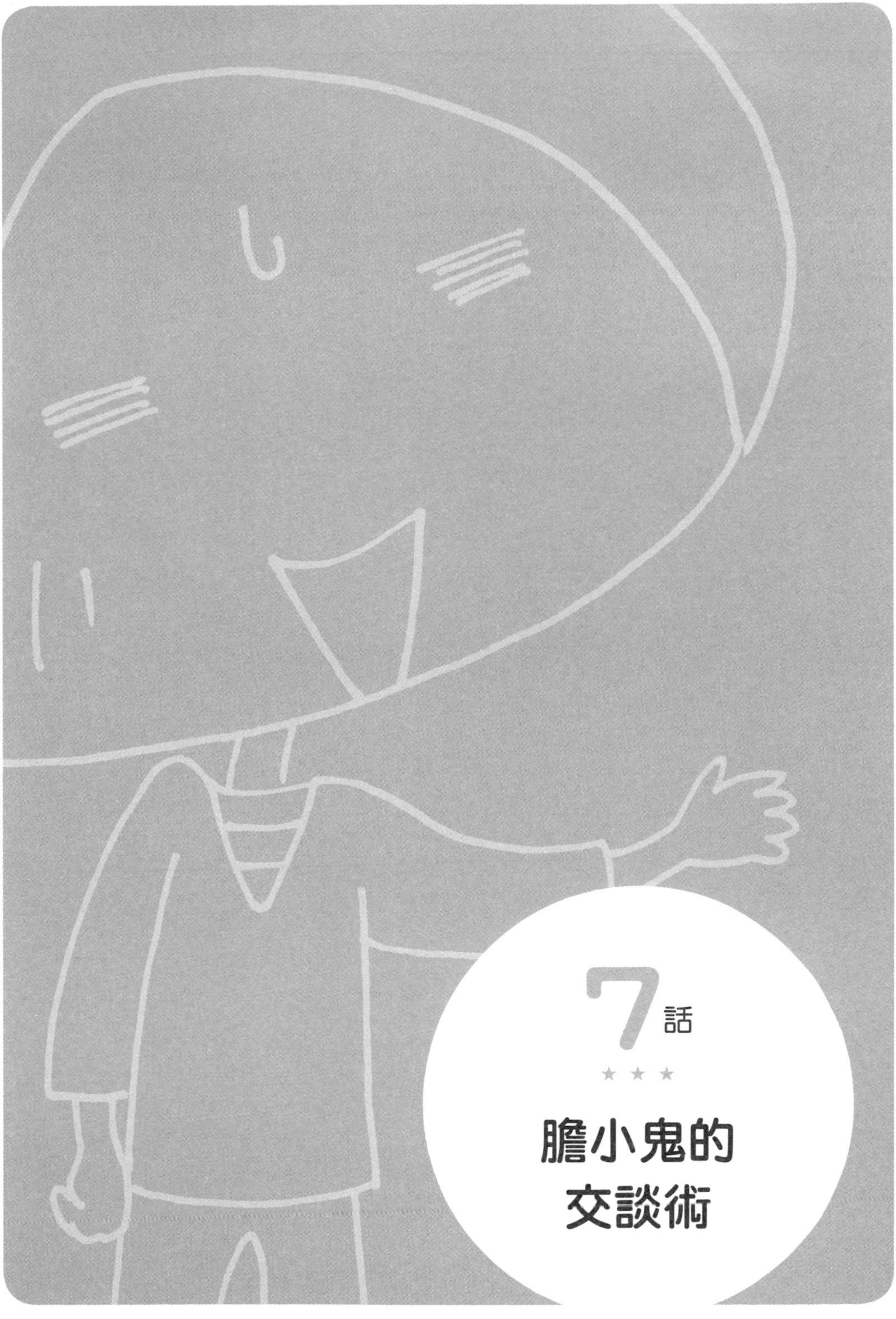

7話

★ ★ ★

膽小鬼的交談術

喀答
轟隆
啊
您好
您…您好
是誰呀？
安ー靜
…您是……哪位呀？
探點口風好了…
還在上班呀？
是啊
現在正要去各處拜訪客戶呢
真辛苦呀ー
拜訪客戶…有認識誰是做業務的？到底是誰啦ー唉唷～

膽小鬼調查員
分析調查中
這位是誰呀？
Point ①
現在正要去各處拜訪客戶呢
・上班族 ・業務部
・20多歲～30多歲
Point ②
每天都好忙喔⋯晚餐甚至只能買便利商店的便當果腹呢
・被業績追著跑
・個性溫和
Point ③
・捲成筒狀的文件
（可能是海報什麼的？）
Point ④
您最近不是也很忙
・滿清楚我的工作內容
（工作上有接觸）
分析調查結果
應該是印刷廠的業務人員
應該曾經在哪裡交換過名片吧⋯⋯
看來得聊一些上班族會交談的內容才行⋯

膽小鬼與有點熟又不是太熟對象的交談術之①
以車廂廣告內容當話題
景氣恢復
經濟NOW!!
日本的實力
最近景氣似乎有好一些了~
是啦—
但雖然公司有賺錢由於勞動分配率長期偏低我實在感覺不到景氣在恢復耶
由於成果主義當道，服務業的加班時間不也跟著增加了嗎？
讓人懷疑景氣是否真的正在復甦當中呀—
好…好難懂…
再加上通貨緊縮的關係，中小企業要生存真是越來越困難了
抱歉，我真的聽不懂你在說什麼啦
快換個話題吧

交談術之②
季節、天氣
最近的氣候很春天耶，今天的氣溫甚至有18度了呢
是啊~
安一靜
……
喀答轟隆
交談術之③
健康
花粉症差不多要開始流行了~你還ＯＫ嗎？
今年應該沒問題
安一靜
……
喀答轟隆
喀答
交談術之④
重複話題
這陣子天氣開始變得溫暖了，今天竟然有18度呢
對呀，滿溫暖的——
安一靜
喀答轟隆喀答轟隆
……

膽小鬼的計謀
交談術之⑤
咳嗽
以不至於讓對方擔心的程度輕輕咳個兩三聲自然地轉換話題
咳
咳咳咳
咳
咳
咳
咳
已經咳到沒力了…得趕快找個話題才行…
東張西望
要聊些…什麼好呢…
莫名的慌張！
啊！
小嬰兒！

交談術之⑥
以嬰兒・小孩為話題
如果是親朋好友聚集的場合有個小嬰兒馬上就能緩和現場氣氛！
好可愛的小寶寶唷～♥
對呀——真可愛
他媽媽睡著了嗎!?
好
噗～
笑
哇～太可愛了！再來一個…
啦—
在小嬰兒身上使出渾身解數

……
皺眉
唉呀呀，怎麼啦？
嗚哇—
嗚—哇啊~!!
膽小鬼的內心獨白
小嬰兒竟然被我弄哭了
我～好傷心哪！
是覺得我這個生物太恐怖？還是太骯髒？
嗚嗚～～好沮喪!!
膽小鬼
好不容易終於抵達目的地
我要在這裡下車了
那就下次便利商店再見囉！
笑
便利商店？便利商店…
啊
他是那個我去便利商店影印東西時常遇到的陌生人啦！
直到最後終於搞清楚了……

為了打破尷尬的沉默，

不管看到什麼
通通拿來當話題。

出乎意料的回應讓我心頭小小一驚。

膽小鬼的裝模作樣格言

出乎意料的狀況常令膽小鬼焦躁不安。

←

因此，每一天都是令人出乎意料地有趣。

4格漫畫劇場

4

小懊惱①

小懊惱②

4格漫畫劇場

小得意①

小得意②

4格漫畫劇場

條件反射

抱歉，我忘記密碼了……
請告訴我您的全名
ㄜ…鈴木智子
這樣應該OK吧？
還有西元的生日。
ㄜ…1977年（吧？）11月1日（這樣行吧？）
最後是您登錄的電話號碼
ㄜ…03 13575 〇〇××
（應該沒錯吧？有點擔心…）
號碼先寫好在紙上
明明都是自己的資料確認時卻戰戰兢兢

膽小鬼最怕的事情

最怕①人偶
這種彩妝只會出現在「地獄使者」身上吧
最怕②旁邊的人抖腳
!!
喀答 喀答 喀答
有時會誤以為是地震
最怕③牙醫診所的氣味和聲響
嘰嘰—
牙齒清潔最重要
（不想多作說明）
最怕④玩「黑白ㄘㄟ」時超在意輸贏的人
黑白ㄘㄟ男生女生配！
糟了！
心臟負荷超大，很想乾脆放棄不玩

速度越來越快，太恐怖了

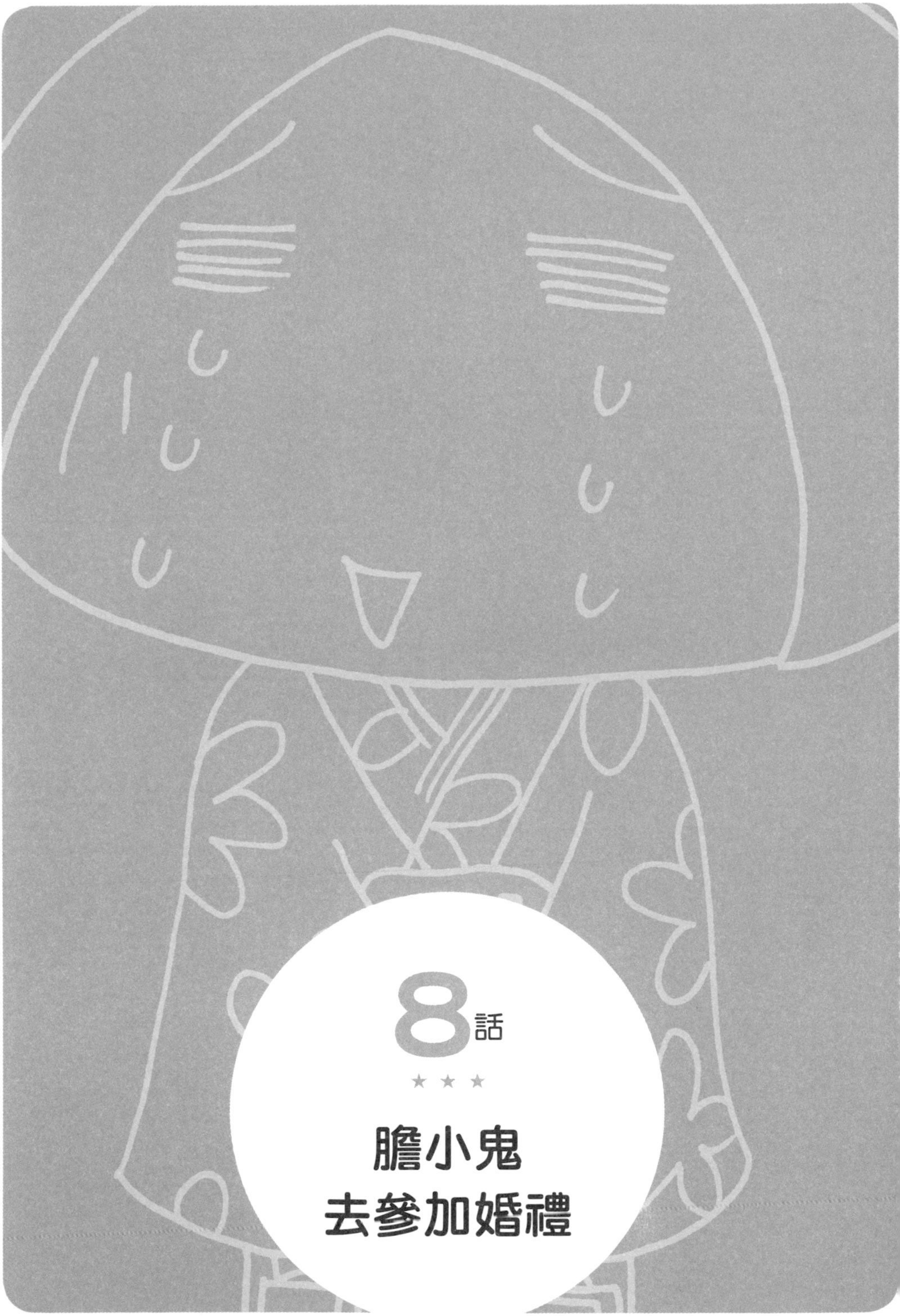

8話

★ ★ ★

膽小鬼
去參加婚禮

收到高中同學寄來的結婚喜帖
結婚是好事，我當然替她高興
恭喜呀～
但對於要面對這種測試「大人成熟度」的場合實在滿緊張的
首先得買書來預習＋複習
大人的禮儀
但不同的書教的禮儀略有出入，真是傷腦筋
嗯—
非常感謝您的來函邀請……
回頭想想，我們已經有8年沒見面了……
希望能看看兩位幸福的笑顏——
5分鐘後，原本只要寫一句話，卻因為太熱情變成了長篇大論……！
這什麼東西啊!? 好想重寫～
我將準時出席 缺席
姓名 鈴木智子
地址
留言
密密麻麻
又因為很想快點把信寄回去
即便是大半夜還是衝往郵筒

每次最讓我頭痛的就是煩惱「該穿什麼去才好」
ㄜ— 有什麼 好衣服嗎~
・自己的喜好
・常識與禮儀
・會場的氣氛（哪種形式的婚宴）為考慮的基準
唔——
穿這件 好嗎
好像 怪怪的
胸口 開太低了……
不過這件 衣服的size 也太不合身了吧…
鬆鬆垮垮
當初幹嘛 買這件哪？
Q 當初幹嘛買這件衣服？
A
參加小型PARTY時 剛好可以 穿哪！
→根本就沒有這種PARTY
剛好可以拿來 配上次 買的衣服
↑想太多
就當作 給自己的 獎勵!!
→也太經常獎勵自己了吧
穿上去之後 說不定男人緣 會變好！
↑癡心妄想…
對呀對呀
自我催眠中
多巴胺湧現
這件包起來！
我的結論
發現符合 所有條件 又不需要 額外花錢的 服裝了
就是放在 老家的和服！
舊衣服太多 偏小，對我（身高149公分）來說剛剛好❤

當天
其他人都還沒到…
啊，智子！
這麼早就到啦—
擔心遲到卻因而太早抵達會場
恰巧碰上（打擾了）
正在彩排的新郎與新娘
哇，好久不見了耶~
和服很可愛耶~
謝謝
小愛也好漂亮唷~
可愛的是「和服」還是「我本人」？
得體的服裝果然最能表達祝賀之意了，對吧？
是啊是啊—
不過，智子的和服真的很可愛哩~
可愛的究竟是「和服」還是「穿和服的我本人」？

現在請大家進入會場
我的座位在陌生人旁邊？
同桌有陌生人時特別容易感到緊張—
不好意思
微笑
您好
我太厲害了吧！
對服裝有信心，自信心也莫名湧了上來
請新郎新娘入場！
啪
啪
啪
啪
啪
太好了！嗚嗚，好漂亮喔
想像自己若是百合的父母親，眼淚就流個不停～
啊～想像女兒就要出嫁的老父親的心情…
當初還那麼小的女娃兒如今長大成人了……
爸比
嗚嗚
天馬行空地想像以致眼淚潰堤
什麼時候也輪到我啊……！

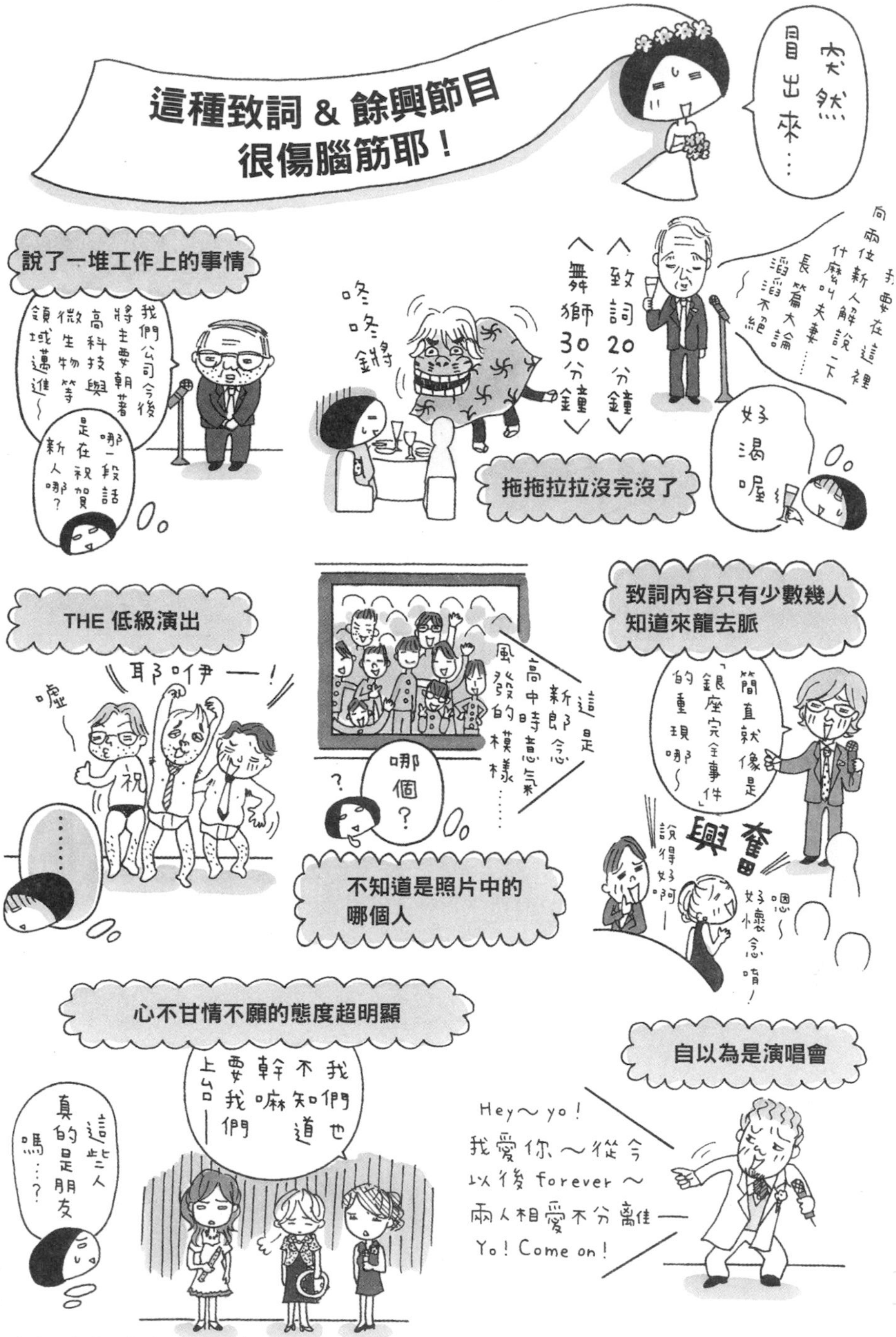
這種致詞 & 餘興節目
很傷腦筋耶！
突然冒出來…
說了一堆工作上的事情
我們公司今後將主要朝著高科技與微生物等領域邁進～
哪一段話是在祝賀新人哪？
咚咚鏘
〈致詞20分鐘〉
〈舞獅30分鐘〉
我要在這裡向兩位新人解說一下什麼叫夫妻……長篇大論滔滔不絕～
好渴喔
拖拖拉拉沒完沒了
THE 低級演出
耶咿伊——！
噓～
祝
……
這是新郎念高中時意氣風發的模樣……
哪個？
？
不知道是照片中的哪個人
致詞內容只有少數幾人知道來龍去脈
簡直就像是「銀座完全事件」的重現哪～
興奮
說得好啊～
嗯～好懷念唷！
心不甘情不願的態度超明顯
我們也不知道幹嘛要我們上台——
這些人真的是朋友嗎…？
自以為是演唱會
Hey～yo！
我愛你～從今以後 forever～
兩人相愛不分離——
Yo！Come on！

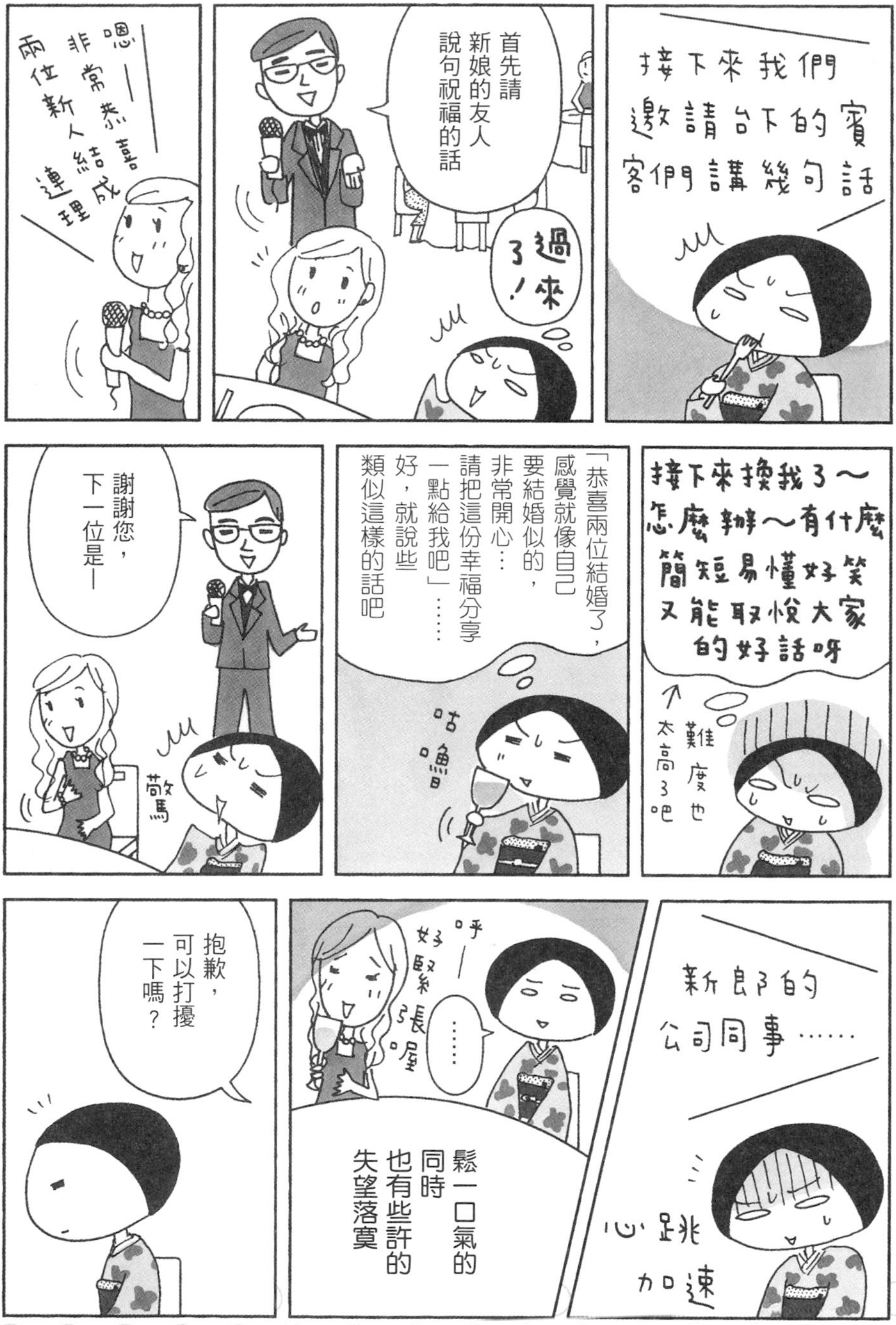
接下來我們邀請台下的賓客們講幾句話
首先請新娘的友人說句祝福的話
過來了！
嗯——非常恭喜兩位新人結成連理
接下來換我了～怎麼辦～有什麼簡短易懂好笑又能取悅大家的好話呀
難度也太高了吧
「恭喜兩位結婚了，感覺就像自己要結婚似的，非常開心…請把這份幸福分享一點給我吧」……好，就說些類似這樣的話吧
咕嚕
謝謝您，下一位是—
驚
新郎的公司同事……
心跳加速
呼—好緊張喔
……
鬆一口氣的同時也有些許的失望落寞
抱歉，可以打擾一下嗎？

請對著攝影機
講幾句祝福
這對新人的話吧
要我面對攝影機講話
比面對群眾說話更困難
說不定會被認為「說這些話太無聊了吧」……怎麼辦…得說些好話才行
祝福兩人今後永遠幸福…
在陌生的攝影師面前
被害妄想症大爆發
接下來輪到我們囉——！
耶—
那些興高采烈
又能言善道的人
真是耀眼哪……
——新郎新娘
進入婚宴會場了……
爸爸…媽媽，
非常感謝兩位
嗚嗚
智子～！
謝謝妳
來參加～
只是不停地流眼淚
恭喜恭喜
要幸福哦！
好漂亮喔～
辦婚禮
真好哪～
沉浸在幸福氣氛裡的一天

在吃到飽的餐會中

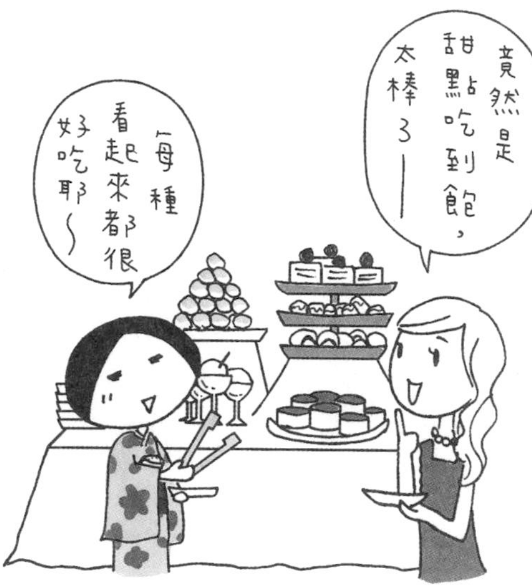
竟然是甜點吃到飽，太棒了——
每種看起來都很好吃耶～

每種食物都想吃吃看。

友人的貼心機靈讓我內心一驚。

膽小鬼的裝模作樣格言

膽小鬼總是

做了之後再反省。

←

所以每次做了之後

就能夠有所成長！

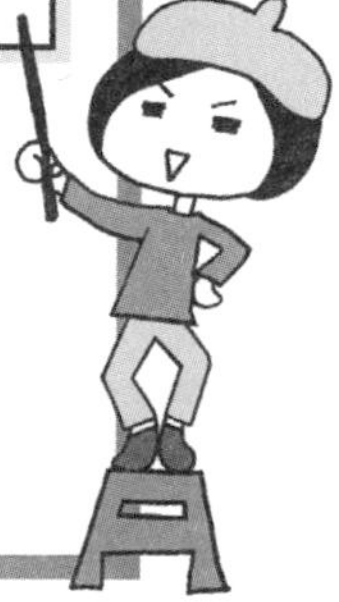

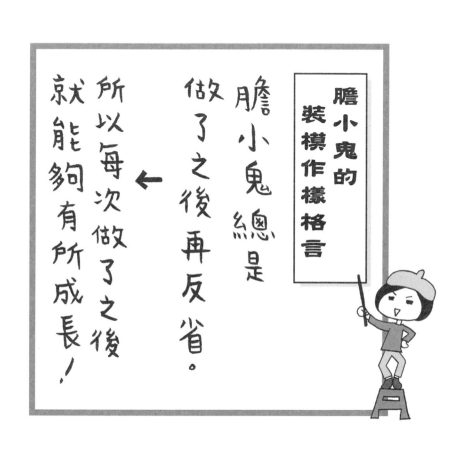

4格漫畫劇場 5

保險

（註：係長職階介於主任與課長之間，相當於股長。）

意圖

4格漫畫劇場

困擾

耶~中獎了!
明天拿去兌換~
開開心心出門
ATM
大人拿著中獎的冰棍去兌獎會不會被取笑啊?
而且是舔過的冰棍，應該會遭白眼吧
結果沒拿去兌獎

環保

我不需要塑膠袋
每講一次都讓自己信心大增♥
糟糕!錯失機會了……
沒有順利開口時就會自我反省——
假裝自己沒拿塑膠袋……
把塑膠袋塞進環保袋內
藏起

4格漫畫劇場

閃燈

芳療時間

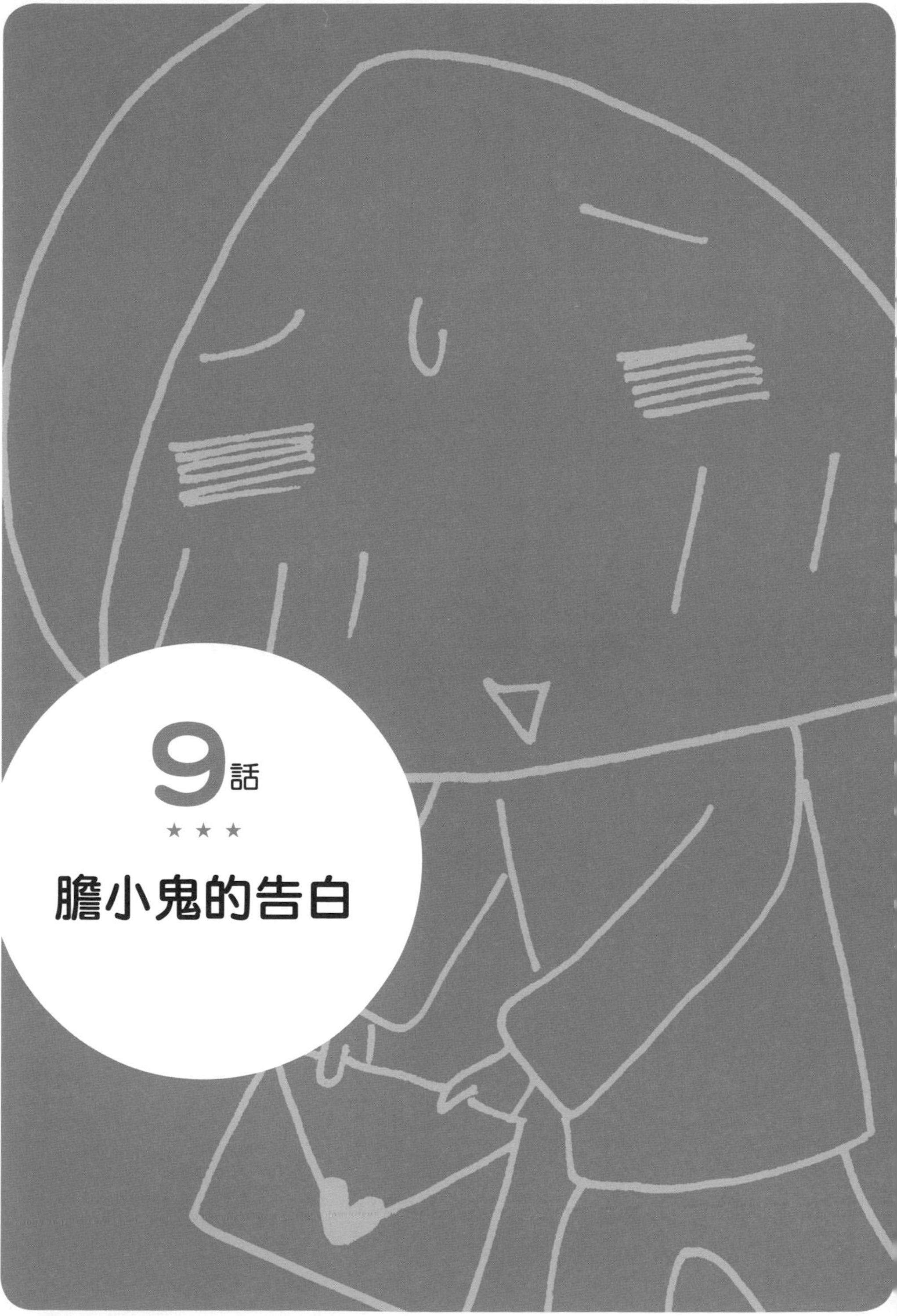

9話

★ ★ ★

膽小鬼的告白

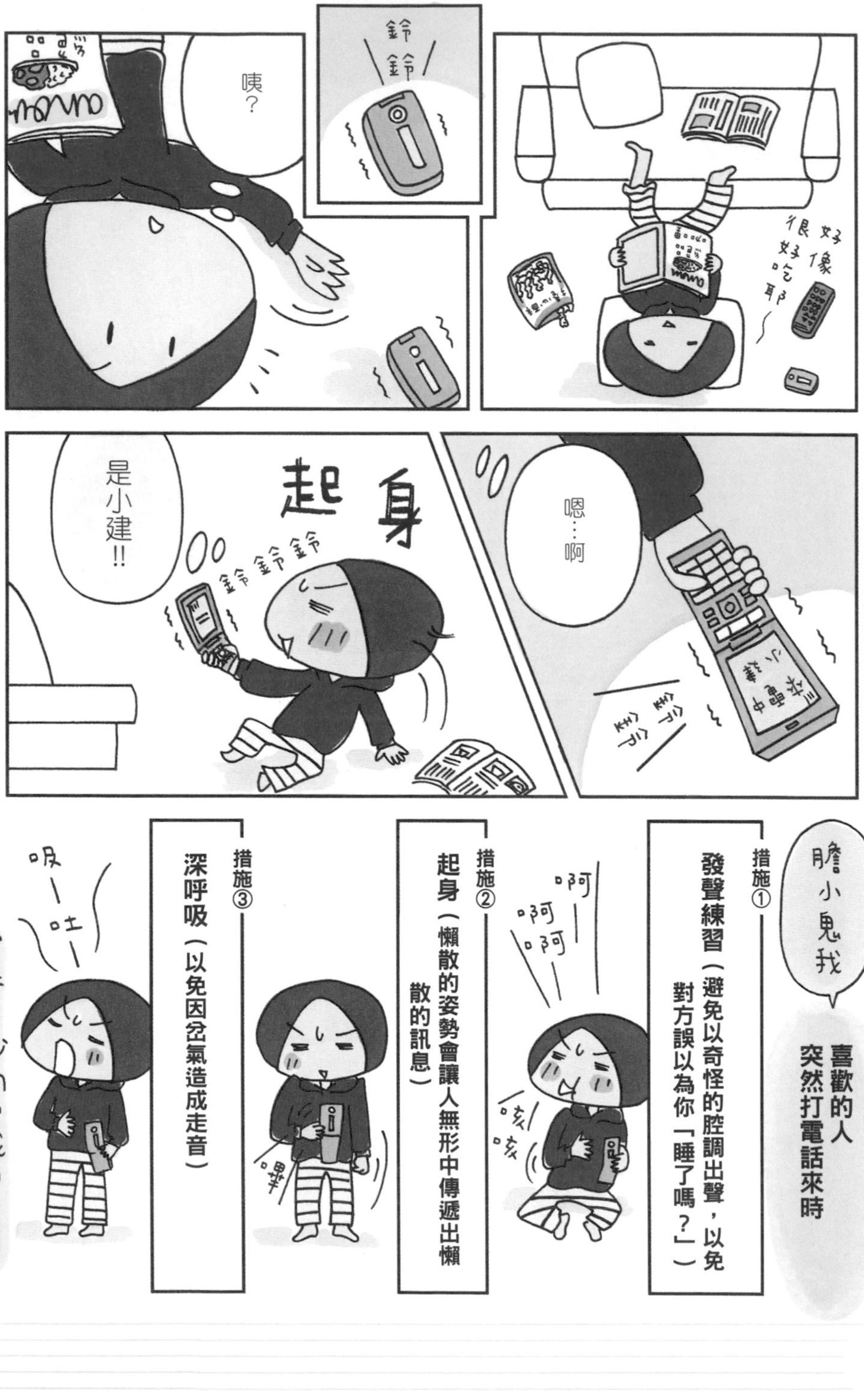
好像很好吃耶
鈴鈴
咦?
嗯…啊
鈴鈴
起身
是小建!!
鈴鈴鈴鈴
膽小鬼我
喜歡的人突然打電話來時
措施① 發聲練習（避免以奇怪的腔調出聲，以免對方誤以為你「睡了嗎?」）
啊 啊 啊
咳 咳
措施② 起身（懶散的姿勢會讓人無形中傳遞出懶散的訊息）
嘿
措施③ 深呼吸（以免因岔氣造成走音）
吸—吐—
※在3秒內完成①~③

喂～您好
抱歉這麼晚打來，方便講電話嗎？
咩…沒關係啦
結果我的聲音還是走音了
真的沒關係嗎？
不好意思，真的沒關係…
想問妳下禮拜可以一起吃頓飯嗎
內心戲實況轉播
小建主動約我耶!!
喔耶
嗯，好哇～
什麼時候比較方便？
ㄜ…
內心戲實況轉播
當然越快越好囉，明天也行!!

那就下星期三或五吧
下星期!?可以再早一點呀~!!
內心戲實況轉播
那就星期三吧？
好哇
我有找到一個不錯的地方，還是智子有另外想去的餐廳？
沒有呀，就聽你的安排吧
其實我早就上網找好有讓兩人獨處包廂的餐廳了
呵，好像太心急了？
為了找餐廳特地去買的「獨女包廂的私房餐廳」雜誌
想更了解喜歡的人&任何事都以他為優先的心情尤其強烈！
懷抱少女心的膽小鬼
天涯海角我都跟隨你去
膽小鬼的愛情天平

誠意120%
實況報導!
約會之道
Let's Go!
第1天
看女性雜誌或愛情小說製造氣氛
這本還有那本……
喔,這本也很有參考價值……
原來如此呀
擄獲愛情55招!
合計2800日圓
第2天
添購新衣
啊~是喔?
哇~~~這衣服好適合您唷♥
只剩下最後一件囉~
合計13500日圓

第3天
去護膚沙龍
您今天是要做臉嗎？
我要做頸胸部護膚和美白面膜!!
合計7500日圓
第4天
添購價格稍高的彩妝
這支睫毛膏好像不錯！既然來了順便再買個粉底吧~~
反正可以先刷卡，沒問題！
意志力似乎用錯地方
合計8300日圓
一 以上
又稱
散財之道
唉呀？沒半張紙鈔了…
總計32100日圓!!
當然啦，「對於愛情的想像」
絕對是「無價」囉♥
真想快點見面呀～
緊張
緊張

前一天
終於快到了~
開始緊張了耶~
呵呵~
啊，還不知道明天約的是哪家餐廳耶
小建應該會打電話告訴我吧…
滴滴答答
這樣就放心了♥
浴室
想想上次一起看電影已經是三個月以前的事了……
我們這樣算不算在交往啊？
呵，也還不能說是在交往吧
又還沒跟我告白
難道只是朋友…？
應該不只是這樣吧
我們有去約會耶…
我們的關係差不多該明朗化了吧
明天要加油喔
陷入愛情的少女自問自答中

鈴鈴
有電話…
敬馬
沙—
咦？沒有來電……
是我聽錯了吧~~
這次的確是電話鈴聲
鈴鈴
什麼？還是沒有來電…？
太期待有電話打進來以至於老是以為浴室外的手機響起鈴聲…（↑幻聽）

這次的約會服裝

重點①～③
請參考《裝模作樣膽小鬼1》91頁♥
因為觸感實在太好而買下來的針織帽
重點② 個性
為了這次約會買的洋裝
重點① 女孩風
高領衫
就算是冬天也要提籐籃
重點③ 休閒風
圍巾
（最喜歡能把臉藏起來的長圍巾）
靴子可以讓腳看起來更修長，超喜歡
自認為啦

幾經失誤之後，漸漸的我也開始懂得如何搭配出不會讓自己後悔的時髦打扮了。

當天
智子！
不好意思，等很久了嗎？
不會不會
哇——天哪～～～
好帥唷～～～～♥
小建這樣不行啦～！
↑是自己不行了吧…
我的萌點①
喜歡的人圍著圍巾的模樣
有一家創意料理店任何菜都很好吃喔
是嗎～好期待唷！
異國料理尤其好吃
哇～我也很喜歡異國風的料理耶♥
就是這家

哇——
很適合這種穿著耶～
太帥了
我的萌點②
喜歡的人穿西裝的模樣
兩位請往這邊走
哇—
獨自一人內心澎湃……
危險呀★
我的萌點③
喜歡的人鬆開領帶的動作
沒沒沒事…
怎麼了？
今天一定…
喔～
很好喝

今天一定要把事情講清楚…
好吃！
小建……
嗯？
……
不行不行，我說不出口啦～怎麼辦～～
還是有點難為情，多喝點酒壯膽好了…！
我還想再喝一杯金湯尼～
太好喝了嘛～♥
給我一杯金湯尼♥
再來一杯！
我就這樣一杯接著一杯

〈解說〉
酒量雖小酒膽特大的我雖然把目標放在模式Ⓐ，最後卻老是落入模式Ⓑ！
啊～糟糕，這樣下去就落入模式B了…
模式Ⓐ
女性該有的模樣
嗯～～真好喝～
有一種幸福感～
小酌微醺
模式Ⓑ
女性不該有的模樣
噁…
喝得醉醺醺…
妳到底是來幹嘛的！
老媽
這樣下去不行啊，一定要鼓起勇氣……
我說…
緊張緊張
不知道身旁的人會以為我們是什麼樣的關係呢

嗯—
我們的身高相差這麼多，
應該是
親子吧？
哈哈哈
沒惡意
親子…
親子…!?
不是情侶，
連兄妹都談不上…？
歡迎下次再度光臨—
我們散步到車站去吧
這樣一來啥都沒說就結束了
親子…………
看來今天還是只能空手而回了……
妳看

哇，好漂亮…
ㄟㄟ？
……
ㄟ？
緊張緊張緊張緊張
明年如果還能一起來看就太好了…
他好像很困惑耶～
早知道就不講了～
我說啊
也許妳已經發現了，我其實很喜歡智子
所以…希望妳能答應跟我交往
什麼!?
現在這是…？

……
※當下瞬間的心理狀態
嗚嗚嗚…
對不起…我是不是說了不該說的話？
被自己喜歡的人說「我喜歡妳」是多麼開心的一件事啊
小建…
慌亂中竟然迸出道謝詞
謝謝你
さ— 反正我就這樣和小建正式交往了
每次想起小建說的話
我很喜歡智子
覺得好幸福好幸福喔♥
我會拚老命保護智子的！
我們結婚吧
自己隨便加台詞
羞

告白的場面

反覆練習了好幾次。

每次的最後結果

都自行想像是個 happy ending。

膽小鬼的裝模作樣格言

膽小鬼必須反覆
經過多次練習
才會付諸實行。

←

所以總能夠在內心向自己
鼓勵：「總有一天會實現的」！

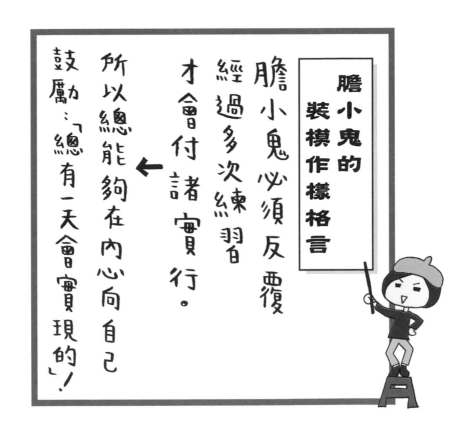

4格漫畫劇場 6

慣例①

慣例②

4格漫畫劇場

生日快樂

拍照

小不隆咚的膽小鬼
～幼稚園篇～

上幼稚園的第一天

對小朋友來說，第一次離開父母身旁是很可怕的事……

……話雖如此

老媽說

雖然是一個人卻顯得很開心呢～

不知道為什麼我竟能從容地露出笑臉。這是我膽小鬼人生中的七大詭異事件之一。

——可能是

因為穿制服整個人太開心吧？

玩樂

這時候的膽小鬼卻超怕玩捉迷藏或抓鬼遊戲。

每次被找到時都覺得心臟要停下來了。

我最喜歡一個人看「香菇圖鑑」！

每次看毒香菇都能看得津津有味。現在想想實在太詭異(黑暗)了……

可能是小時候看太多了，現在才會這麼討厭吃香菇吧!?

超級戰隊
我長大後要加入大戰隊風鏡V～！
超級戰隊系列
參加祭典時買的面具
呵呵呵
父
我曾經斬釘截鐵地這樣宣布。
某一天，大戰隊風鏡V竟然來參加我們幼稚園的園遊會！
我一定要和他們握手！
興奮
興奮
只是
嘿
喝
壞人手下抓住幼稚園小朋友的場景
哇—啊—
以及活生生(?)出現在眼前的超級英雄們卻讓我因為覺得古怪而
大哭
不去握手了嗎？
……
有點害怕
結果只能遠遠地看著歡樂的握手會。
運動會
爸比媽咪在哪裡呀
東張西望卻找不到他們，超想大哭
卻強裝出一副「我才沒想那麼多呢」的模樣
裝作不在乎
一邊挖著鼻屎
超倔強的膽小鬼
幹嘛一直挖鼻屎呀!?
當初拍攝下來的錄影帶裡還看得到父母嘆氣的模樣…。

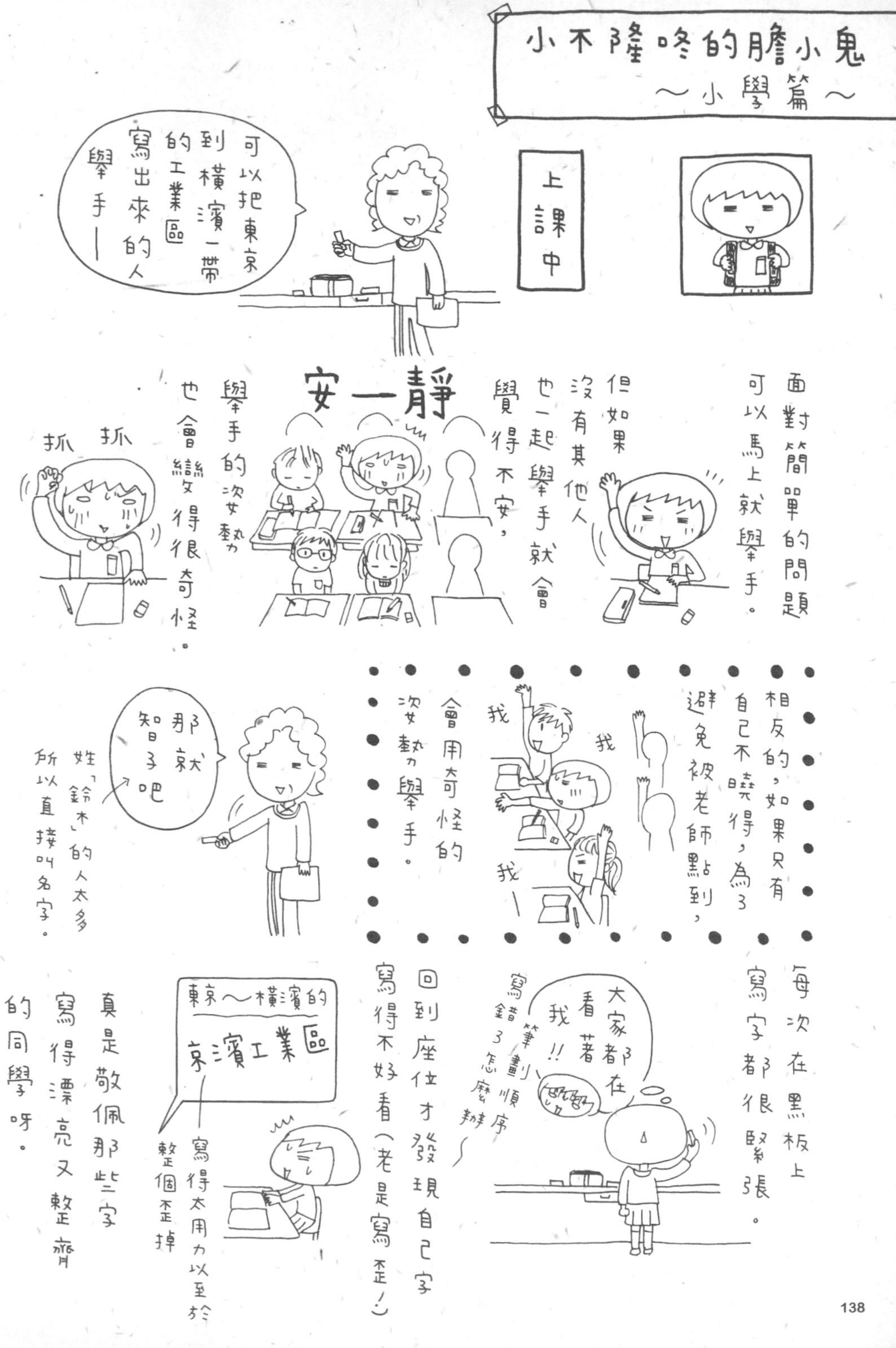
小不隆咚的膽小鬼
～小學篇～
上課中
可以把東京到橫濱一帶的工業區寫出來的人舉手─
面對簡單的問題可以馬上就舉手。
但如果沒有其他人也一起舉手就會覺得不安，
安─靜
舉手的姿勢也會變得很奇怪。
抓 抓
相反的，如果只有自己不曉得，為了避免被老師點到，
我
我
我
會用奇怪的姿勢舉手。
那就智子吧
姓「鈴木」的人太多所以直接叫名字。
每次在黑板上寫字都很緊張。
大家都在看著我!!
寫錯了筆劃順序怎麼辦
回到座位才發現自己字寫得不好看（老是寫歪!）
東京～橫濱的
京濱工業區
寫得太用力以至於整個歪掉
真是敬佩那些字寫得漂亮又整齊的同學呀。

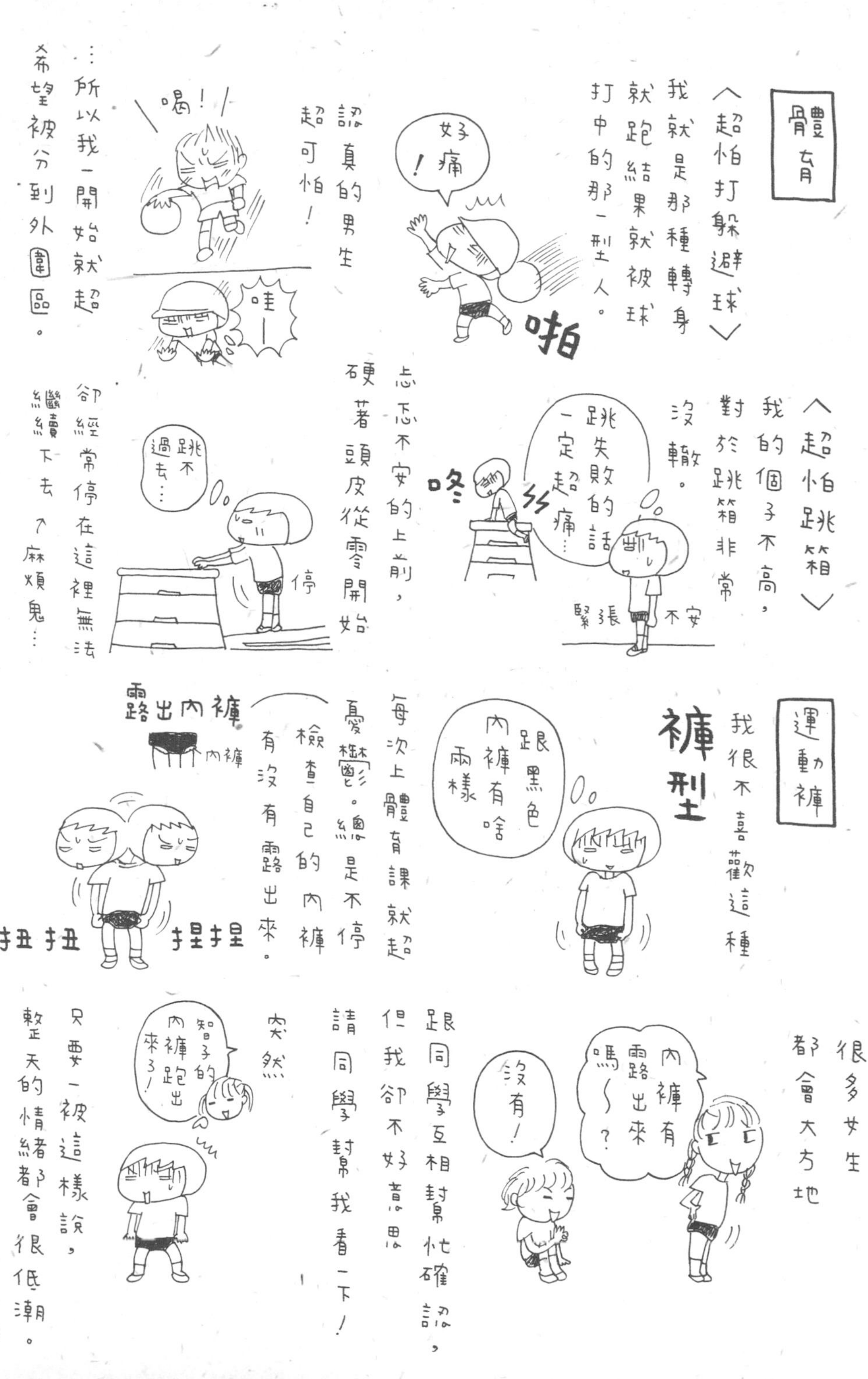
體育
〈超怕打躲避球〉
我就是那種轉身就跑結果就被球打中的那一型人。
好痛！
啪
認真的男生超可怕！
喝！
哇—
……所以我一開始就超希望被分到外圍區。
〈超怕跳箱〉
我的個子不高，對於跳箱非常沒轍。
跳失敗的話一定超痛……
咚
緊張
不安
忐忑不安的上前，硬著頭皮從零開始
停
跳不過去……
卻經常停在這裡無法繼續下去
↑麻煩鬼…
運動褲
褲型
我很不喜歡這種
跟黑色內褲有啥兩樣
每次上體育課就超憂鬱。總是不停檢查自己的內褲有沒有露出來。
露出內褲
內褲
扭扭
捏捏
很多女生都會大方地
跟同學互相幫忙確認，但我卻不好意思請同學幫我看一下！
內褲有露出來嗎～？
沒有！
突然
智子的內褲跑出來了！
只要一被這樣說，整天的情緒都會很低潮。

營養午餐值日生
麵包、甜點之類的固體對我來說滿輕鬆的
要裝得夠多才行…卻又不能太多
遇到湯類責任可就重大了。
排在隊伍後段的同學拿到的湯會少一些。
後半段
前半段
就這樣在心中懷著歉意的情況下完成值日生任務。
先吃白菜……
火腿等最後再吃！
※這時候開始有了「設定目標再開始吃」的習慣。
（※請參考第1集54頁）
白菜湯
火腿&冬粉沙拉
冰橘子
牛奶
麵包
讀書
小學三年級時最喜歡看的書是POPULA出版社的「少年偵探江戶川亂步」系列！
一寸法師
書背上的面具圖像怪可怕的…！
緊張
害怕
心跳
加速
午休時對於劇情的恐懼不安與欲罷不能的閱讀慾望就這樣在心中展開了拉鋸戰。
打預防針
應該很痛吧…萬一哭出來怎麼辦
等待的時候對於「疼痛」的不安在內心逐漸膨脹。
偷看打完針的同學的表情
← 瞄
酒精的氣味加上同學「嘶」的深呼吸更是將這種恐懼感放大好幾倍。
緊張緊張緊張緊張

小名
朋友之間都會互叫小名。
小智～
小百……嗎
小小聲
但一開始時其實我不太敢叫對方的小名。
還有男生幫我取了奇怪的綽號。
今天起妳就叫「比克」吧
為什麼!? 大魔王嗎？
不要二字我實在說不出口。
但為何是比克呢……。
（只有這個男生這樣叫我）
運動會
〈超怕槍聲〉
各就各位
緊張緊張緊張
砰
嚇一跳以至於起跑落後。
驚
〈超怕接力賽〉
壓迫感太大以至於很想當場跑走。
慢慢來就好了！
慢一點啦……
一聽到同學的加油聲，
智子加油——
緊張與壓力就會大到極點。
即使經過了20年還是差不多老樣子……

後記

時光飛逝，自從2005年出版了《裝模作樣膽小鬼》之後，已經過了數年。如今還能夠再推出第3本續集《裝模作樣膽小鬼終集回歸》，說實在真的很開心。

之所以會以「膽小鬼」為主題，最大的契機是當我辭掉出版社的工作、開始從事寫作時，碰巧遇到了《達文西》雜誌正公開舉辦「Comic Essay大獎」。

為了參賽，我先自省「自己是個什麼樣的人?」，當下浮現在腦海中的，一幕幕都是以膽小鬼為主的各種情節。與人見面時內心的忐忑、手機響起時總會嚇一大跳、上美容院時的手足無措、老是惡夢纏身、求職時竟然跑去做斷食修行……自己的優點、缺點、思考時的窠臼、行為模式等等，綜合一切的林林總總，我非常確定地下了這個結論：「我真是個膽小鬼呀」。

膽小鬼……這個形象或許不是很正面，但「自己根本就是個膽小鬼嘛~」（就這樣吧?還是要改變形象?）及對於自己膽小鬼行徑的矛盾心情，讓我非常篤定要以這個主題來發揮。

創作「裝模作樣膽小鬼」系列讓我獲益不少。首先是從眾多讀者身上得到「深表同感!」的迴響，讓我十分開心。我是打從心底開心不已呀~非常感謝大家!第二是堅持「我就是我，就這樣快快樂樂繼續下去吧~!」的自信心。好事也好糗事也罷，把所有事情都當成主題來創作，我發現自己越來越能夠笑看發生在自己身上的糗狀百態了。

如今的我依然是個膽小鬼，偶爾也會碰到失落的時候。遇到煩惱或迷惘時，很容易陷入「我這個人哪……」的思考模式。但是，只要一想到「這就是我之所以為我囉！」心中自然會湧現一股憐愛之情。（是不是太自以為是啦？）

除了膽小之外，我還發現自己身上其實也存在著得過且過的因子。若是將它同樣視為一種「創作主題」，我發現當中不但藏著許多能夠吐槽自己的梗，甚至還能轉化成令人捧腹的笑點呢。

「裝模作樣膽小鬼」這個「系列」到此將暫時告一個段落。不過，往後我將會繼續秉持並發揮鈴木智子的「裝模作樣膽小鬼」精神，繼續創作。所謂江山易改、本性難移，這輩子我就是這副德行了。老是緊緊張張想太多、慌慌張張做出奇怪舉動，我就是那種會一邊划槳想著該如何小心駛得萬年船、卻又因為太害怕而猛然爆衝……的類型的人哪。

最後，非常感謝各位讀者耐心地閱讀到這一頁。不論你是裝模作樣的膽小鬼、膽怯懦弱的膽小鬼還是兩者皆非，只要這本書能帶給您歡笑及愉快的時光，就是我最大的喜悅！

鈴木智子

TITAN 094

裝模作樣膽小鬼 終集回歸

鈴木智子◎圖文 陳怡君◎翻譯 陳欣慧◎手寫字

出版者：大田出版有限公司
台北市10445 中山北路二段26巷2號2樓
E-mail：titan3@ms22.hinet.net
http：//www.titan3.com.tw
編輯部專線（02）25621383
傳真（02）25818761
【如果您對本書或本出版公司有任何意見，歡迎來電】
行政院新聞局版台業字第397號
法律顧問：甘龍強律師

總編輯：莊培園
副總編輯：蔡鳳儀
編輯：林立文
行銷企劃：林庭羽
校對：陳佩伶／陳怡君
印刷：上好印刷股份有限公司・TEL（04）23150280
裝訂：東宏製本有限公司・TEL（04）24522977
初版：2013年（民102）八月三十日
定價：新台幣 250 元

國際書碼：ISBN 978-986-179-298-9 / CIP：861.57 / 99009807

廣	告	回	信
台北郵局登記證			
台北廣字第01764號			

平　信

To：　10445
台北市中山區中山北路二段26巷2號2樓
電話：（02）25621383　傳真：（02）25818761
E-mail：titan3@ms22.hinet.net
大田出版有限公司（編輯部）收

＊請沿虛線剪下，對摺裝訂寄回，謝謝！

From：
地址：..
姓名：..

大田精美小禮物等著你！

只要在回函卡背面留下正確的姓名、E-mail和聯絡地址，
並寄回大田出版社，
你有機會得到大田精美的小禮物！
得獎名單每雙月10日，
將公布於大田出版「編輯病」部落格，
請密切注意！

大田編輯病部落格：http：//titan3.pixnet.net/blog/

智　慧　與　美　麗　的　許　諾　之　地

※請沿虛線剪下，對摺裝訂寄回，謝謝！

讀 者 回 函

你可能是各種年齡、各種職業、各種學校、各種收入的代表，
這些社會身分雖然不重要，但是，我們希望在下一本書中也能找到你。

名字／＿＿＿＿＿＿ 性別／□女 □男　出生／＿＿＿年＿＿＿月＿＿＿日

教育程度／

職業：□ 學生□ 教師□ 內勤職員□ 家庭主婦 □ SOHO 族□ 企業主管
□ 服務業□ 製造業□ 醫藥護理□ 軍警□ 資訊業□ 銷售業務
□ 其他＿＿＿＿＿＿＿＿

E-mail/＿＿＿＿＿＿＿＿＿＿ 電話／＿＿＿＿＿＿＿＿

聯絡地址：

你如何發現這本書的？　書名：裝模作樣膽小鬼終集回歸

□書店閒逛時＿＿＿＿書店 □不小心在網路書站看到（哪一家網路書店？）＿＿＿＿
□朋友的男朋友(女朋友)灑狗血推薦 □大田電子報或編輯病部落格 □大田 FB 粉絲專頁
□部落格版主推薦＿＿＿＿＿＿＿＿
□其他各種可能 ，是編輯沒想到的＿＿＿＿＿＿＿＿

你或許常常愛上新的咖啡廣告、新的偶像明星、新的衣服、新的香水……
但是，你怎麼愛上一本新書的？

□我覺得還滿便宜的啦！ □我被內容感動 □我對本書作者的作品有蒐集癖
□我最喜歡有贈品的書 □老實講「貴出版社」的整體包裝還滿合我意的 □以上皆非
□可能還有其他說法，請告訴我們你的說法

＿＿＿＿＿＿＿＿＿＿＿＿＿＿＿＿

你一定有不同凡響的閱讀嗜好，請告訴我們：

□哲學 □心理學 □宗教 □自然生態 □流行趨勢 □醫療保健 □ 財經企管□ 史地□ 傳記
□ 文學□ 散文□ 原住民 □ 小說□ 親子叢書□ 休閒旅遊□ 其他＿＿＿＿＿＿

你對於紙本書以及電子書一起出版時，你會先選擇購買
□ 紙本書□ 電子書□ 其他＿＿＿＿＿＿＿＿

如果本書出版電子版，你會購買嗎？
□ 會□ 不會□ 其他＿＿＿＿＿＿＿＿

你認為電子書有哪些品項讓你想要購買？
□ 純文學小說□ 輕小說□ 圖文書□ 旅遊資訊□ 心理勵志□ 語言學習□ 美容保養
□ 服裝搭配□ 攝影□ 寵物□ 其他＿＿＿＿＿＿＿＿

請說出對本書的其他意見：

大田出版有限公司編輯部 感謝您！